南懷瑾文化

我的故事我的詩

南懷瑾◎講述

出版說明

這並不是一本只談作詩的書。

一九九五年，南師懷瑾先生在香港的那段時間，有一個北京前來的王先生（學信），因為欣賞南師的詩作，有意將詩集加以注釋，以方便愛詩的讀者們；也因為愛好南詩的讀者們，早已發現，南師用典甚多甚廣，如對歷史文化各方面不大熟悉的話，是很難深入了解南詩的。

於是六月廿六日，一連四天的下午，南師開始追憶昔日學詩、作詩的情境。寫人、寫事、寫史，都是詩，更寫心中說不完的這些人，那些事……

令人吃驚的是，南師是從自己的童年說起的，說到少年、青年、中年，更說了不少從未說過的點點滴滴，那是一個孩子從小長大的心路歷程……

原來大家心目中的南師，是這樣懷抱理想長大的！他自然又隨興的說著自己的內心深處，令人如沐春風。現在，已離我們遠去的那個南詩人，又在敲打著大家的心靈……

本講記是張振熔早幾年聽錄音記錄的，宏忍師、牟煉、彭敬幾位對年代、人名等作了核對，查證。小標題乃編者所加。

劉雨虹　記

二〇一七年　夏

目錄

一、少年追夢

二、青春的狂想

三、風雨飄搖的年代

四、變化莫測的歲月

一、少年追夢

袁老否定我的詩文

（說到詩文的事，記得抗日戰爭時）我到四川以後碰見了袁先生，就是我那個禪宗的老師。他詩文都好，各方面都好，人嘛，也是風流瀟洒，跟馬一浮不一樣。你們都不曉得這兩位大師的，兩個人對照，一個很嚴肅，一個很洒脫。有一天大家看我的詩，都說不錯啊！好啊！反正不是叫不錯，就是叫好。袁先生看了，把我的詩往旁邊一丟，看也不看，就問我：「你會寫文章？」

那個時候我很傲慢啊，大家都講（我的詩）好，而且我還有一個老師，就是商衍鎏，他是滿清最後一榜的探花（頭名狀元，二名榜眼，三名探花），他也在四川，我是跟他學文，拜師啦！讓他改改文章，不過他沒有改幾篇。有一天我就發狂了，我說先生啊！（我們以前不叫老師的啊，叫先生）像我這個文章如果像你們當年考進士，有多少問題啊？意思是說考不考得取啊？「嗯！」他說，「沒有多大問題。」我聽了這句話，心想你們這些清朝的進士也不過如此嘛，連我都可以考取了，我就是那麼自負。

結果呢？我寫的文章給袁老師一看，他就把它丟掉。

我說：「先生，哪裡不對？」

他說：「你懂寫文章？去去去！把〈伯夷叔齊列傳〉讀一百遍再來談文章。」

我說：「〈伯夷叔齊列傳〉從小就讀過的嘛，我兒童時候讀《古文觀止》都讀過的。」

我心裡想，還要再讀一百遍，心裡很不服氣。不過我嘛，雖然自負很聰明，其實很笨，但我有一個好處，我學東西是非常規矩老實的，先生叫我讀一百遍，我只好回來翻開再讀，都背得來的，這有什麼了不起的。結果多讀幾次發現，才真的懂了，以前真的沒有讀懂。我讀懂之後就告訴他我懂了，老師啊！我寫文章給你看好不好？袁先生立刻說：「不要寫了，你對了。」他的教育就是這樣，逼人很厲害的。

再講到詩，他也把我的詩隨便丟掉的，但他背後對同學們講，要注意我。當年如我犯了錯誤，他從來不講話，在人很多的時候，他就把我犯的錯誤，痛痛快快講出來。哎呀！那真是刮了臉皮還要剝皮啊！受不了。他因為曉得我很驕慢，就當眾刮我的臉，他是這樣一個教育方法。所以詩，他就是說我不行，要把杜甫〈秋興〉八首真讀懂了，他才告訴我詩。我也聽他的，真正的去讀，杜甫〈秋興〉八首，平常都會背的，再回去仔細研究。所以我這次給你們買的，金聖嘆批的《才子書》也有批〈秋興〉八首，那個就厲害了。所以文章詩詞之道，我自認是不行的。

這就是杜甫的詩啊，「文章千古事，得失寸心知」，這話算是今天談話的前言。

我這一本詩集，當時李淑君花了很大的功夫，稿子她收集很多，編輯的時候不是她啦，實際上第一個功勞是她，她注意到了，後來我把這些編作紀年詩。老實講許多事情我過了就丟，沒有學佛以前我就有這個本事，一切事情不論好壞，過了就丟掉，心中決不留。所以你問我年月日，哪一天做了什麼，我影子都沒有。《金剛經》說的，過去心不可得，現在心不可得，未來心不可得，我在沒有學佛以前，年輕時就是這個個性了。因為李淑君收集了很多我的詩，還有一些掉在外面的，我現在還沒有發現，後來想到萬一將來有一天回憶自己的事情，只有根據自己的詩去找。

現在編這個詩集，中間很多典故，所以讀書佔很多便宜，我給你買兩本書是佔便宜的書，一個是《清詩評註》，一個是《宋元明詩評註》，裡頭很多典故，不需要自己辛苦去找原始資料了，有些必要再找一下。

六歲到十一歲的我

我是民國七年（一九一八年）生的，但身分證上同護照上都有錯誤，台灣當時登記戶口都是亂的。你們不曉得，台灣當時有許多人一個字都不認識，戶口卻是德國與登堡大學畢業，東京帝大畢業，我那樣的同鄉很多，實際上他一個字都不認識，是個挑煤炭的。因為三十八年才開始撤退，到了台灣以後五月才辦戶口。這些從大陸來的，我這些挑煤炭的老鄉，不但一個大字不認識，國語都不會講的，他們講溫州土話。辦戶口的那些本省區公所的服務員，也不會講國語，程度也不高。然後登記，用台灣話問他，你叫什麼名字啊，你哪裡讀書，哪裡畢業啊，他也聽不懂，嗯，啊，哦，德國與登堡大學畢業（溫州土話的音調），就寫下來了。有些到現在戶口未改，還是如此，那些戶口後來也改不了啦，所以有很多笑話。這都是在台灣的歷史故事，你們都不知道的。

實際上我出生那一年，就是五四運動前一年，我十二歲的時候，那年在本地（樂清）的高等小學畢業，這一年是我的大轉變時期。那個時候的學校是推翻滿清後改的學制，我原是讀私塾出身的，在家裡讀，所以有中國文化的底子。我常常笑，我這個文化底子，是六歲到十一歲學的，用到現在。我後來上過洋學堂，就是改制以後的學校啦，吸收西方文化來的。我也受過軍事學校教育，也教過軍事學校，各種教育自己都受過，都教過，但我認為都是浪費，一直到現在教育都是一樣。現在中國文化教育制度，是推翻滿清時候的制度，採用西方文化來的教育方法，浪費人的生命精神，現在我們自己也改不了。

像我個人的經驗，也包括老前輩的經驗，由六歲起到十一歲打下來的底子，雖然只讀中文，只讀古書，包括了歷史、地理各種各樣，但在後來幾十年的應用就是這些。所以後來在大學上課我不帶書本，只要帶一支粉筆就夠了，想到什麼，講到什麼，都寫得出來，用不著把自己的臭著作挾在手上，叫學生看哪一段，然後教了幾十年還是那一本爛著作，這個是我最反對的。

後來我十一歲進高等小學，那個時候的高等小學，如果拿現在學制來講，等於現在台灣大陸的小學六年級吧！那時我是插班進去的，當時高等小學年紀大的學生有二十幾歲的，有些學問都很好，我是最小一個，考試是進不去的，因為還有英文啊，數學啊。我怎麼進去的呢？因為我父親說這個時代不對了，要去讀洋學堂，就找一個很有聲望的老前輩，去找那個高等小學的校長，校長是他的學生。說某人的少爺要進來，要免掉考試，就給他插班，所以我高等小學只讀了一年。一進去什麼英文啊，什麼數學啊，我都不知道，只有拚命跟，跟得昏頭昏腦，尤其我不喜歡讀外文，什麼ＡＢＣＤ，我說中國人為什麼要學那個東西，可是還是要認啊，要念啊。

井虹寺和玉溪書院

所以我高等小學十二歲畢業，倒數第一名，因為洋科目，都是拚命趕，勉勉強強趕到了，所以是倒數第一名。不過還有幾個小學的老同學，他們後來學問都很好，作到教授的都有。講起我當年，當時他們就是有點顧忌我，這個小兄弟不得了啊。

畢業以後，父親告訴我不要讀書了，高等小學畢業就好，讀書的目的是認字，會寫信就可以了，你不要出門，不要讀書，家裡飯也可以吃得起。可是我十二歲時家中已經很糟糕了，家道中落，為什麼中落？這個裡頭有大事故，時代有變動，就不講它了。父親希望我一輩子作一個隱士，歸隱在家鄉，山上有田，一輩子不要出名。我父親很欣賞隱士，中國文化裡頭有個隱士，後來寫《高士傳》那一種的。但是呢，我非要出來讀書不可，父親雖然很嚴厲，也只能隨便我了。我說你不讓我出來讀書，我自己讀，父親就說：「好吧！那你到我們家廟上讀。」

我們南家祖宗在山上修一個廟（井虹寺），我的詩集中第一首，井虹寺這首詩，是我跟父親賭氣，收拾行李揹著書就跑到廟子。這個廟是個古老的廟，是我們南家家廟，只有一兩個和尚。這個廟子好像是宋代開始，據說出過兩代高僧，是得了道的聖僧。我父親還告訴我，有一代的聖僧作一副對子在這個廟子，非常好，我現在常常拿來用，如下：

得一日齋糧且過一日
有幾天緣分便住幾天

所以這一副對子也可以說影響了我一輩子，我現在跟你們大家相處，中國台灣香港到處跑，我差不多都是這個心情，「得一日齋糧且過一日，有幾天緣分便住幾天」，可以說我一輩子走的路線，是苦行僧的生活。

當時我住在廟子上，我們家族中大概每代都有一個人出家，當時這個出家的老和尚我叫他公公，因為他俗家姓南，沒有文化程度，還有一隻眼睛有毛病，爛的，一隻腳是跛的，很可憐的一個人。廟子上放有很多空棺材，小的時候看到嚇死了，我們那個地方人啊，有些年紀大的，把自己的棺材先做好，怕死了後代沒有錢給他辦後事。那空棺材堆在廟子後面，堆得很高啊，那個時候又沒有電燈，青油燈一盞，到了晚上冷廟孤僧，就這麼一兩個老和尚。

我是一個小孩，才十二歲啊，在這個山上自己讀書，到了晚上很可憐，棺材又多，我又怕鬼，怕得不得了。我這個公公和尚啊，天黑做晚課，敲個木魚，南無阿彌陀佛……這樣敲，我怕鬼就拉著他的和尚衣服，我說公公啊，快點，快點念完進去睡覺，我一個人不敢啊。當時是在這樣一個環境中。

我從家裡拿來的菜是葷的，另外有一個和尚也吃葷的，他的葷菜放在抽屜裡頭，桌子上擺的是素菜。那是一個很有名的和尚啦，專門出去放燄口，念經的。當家的和尚就是我這個公公，他是吃素。我的菜拿來吃幾天，回家只去拿菜，過年父親都沒有准許我回家，雖然我是獨子。

所以我在山上讀書，在那一年多當中，把一部吳乘權的《綱鑑易知錄》，反覆的讀了三次，所以對歷史的事情比較熟，也是在那個時候打的基礎。那個時候我家裡一部歷史書，全套帶來了，古文都是沒有圈點的哦，我圈點三道，先用白筆圈點，然後拿去給父親看，給老師看，沒有圈錯，第二道才用黃色，有時候也會圈錯，上下句子圈錯了觀念就不同。最後才是用紅筆圈，所以自己對自己下過嚴格訓練的功夫。

那時候我讀書，程度是自修出來的啊。那個廟子旁邊一條溪叫玉溪，我掛了個招牌，自己寫了四個大字，「玉溪書院」，聽說他們現在還幫我保留在那裡。小時候愛寫字，所以後來我到外面，對於這一段生活讀書的經歷，我很光榮。至於我哪裡出身，就是玉溪書院，任何洋學校學歷我都不登記。玉溪書院在哪裡？我自己辦的，我就是校長，我的出身，一輩子那麼狂妄，玉溪書院四個大字，是我自己寫的，寫得很大貼在那裡。

我為什麼講這一段故事？這個時候就是所謂五四運動時代，在變化，開始北伐沒有，我想想看。

李淑君：民國十七年老師十歲的時候北伐。

北伐的時候，講到這裡有一個故事，國共兩黨合作，打倒土豪劣紳，破除迷信，每個廟子的菩薩都拉出來丟在茅坑裡，到處打。各地的農會也成立了，地方實行自治，鄉鎮長啊，地方管理，民選，親眼看到，這個是十歲以前啦。

看到那個變亂，為了選舉鄉鎮長，像台灣一樣，打架，拿刀，所以後來認為，孫中山先生實行民權這個選舉，有了問題，孫中山先生也觀察到了，因此重新訂了政策，要實行三民主義，要這個國家好，必須走三個階段，第一個是「軍政時期」，要軍事統一中國，所以創辦黃埔等等。第二是要經過「訓政時期」，中國老百姓不懂民主選舉，要經過教育訓練，所以叫訓政。第三個才是「憲政時期」。所以當時國共兩黨合作，後來共產黨毛澤東所領導的文化大革命，不過是那個時候的擴大，如果北伐這一階段，蔣老頭子眼光遠大一點，國共兩黨不分家，能合作，後來共產黨的這些三反五反，文化大革命的禍根大概不會有了。所以我常常給台灣來的人講，包括你們大陸的青年，你們不懂共產黨，你們也不懂中國，我們是從小親眼看到的一切。

練武功

然後，我在山上一面讀書，一方面自己練習武功，這個時候是十二歲，開始練武功。

我的身體很弱，那個時候啊，背也彎起來了，眼睛都有一點近視，我現在眼睛比那個時候還好多了。

那時候一方面不老實，不規矩，這個裡頭將來再說，都是同學教壞的。我那個時候有一個想法，要作中國第一人，絕不作第二人，有一個狂妄的話，頭頂上不准人家走路的（師笑），你看多傲慢，反正是這麼一個思想，而且要想作第一人，文事（文學）跟武功兩樣一定要俱備。

那個時候的武功嘛，先要練拳，我在家裡讀書的時候曾練過拳，當時在一個小閣樓上，我一個人讀書，我父親有時候晚上坐在後面的一個搖椅，也讀書。實際上我在前面讀書，抽屜裡還有黃色的小說，有時候拉開抽屜看一看，其實我父親都知道（師笑），不過他沒有講，我從小就愛看小說，看的多了。

為了練身體，從小練哦，我們是小資產階級，在自家樓上練，這個樓是古代建築，有樑的。我想練到飛簷走壁，一跳兩手掛到樑上，看那些武俠圖畫看多了，兩個腿倒鈎過來，掛在上面。開始掛不上，後來掛上了。

有一次一掛，溜掉了，掉下來，樓板碰的一聲，跌得很痛。我父親就上來看我幹什麼。一看我跌在地上，「哦，你在練武啊？」我也不敢答話。他說：「要練武我給你找個師父來。」我是照書本上練的，買了很多武術的書，有些武俠小說有圖。我父親一邊講話，把長袍子解開，自己下來打一套拳給我看，哎呀！我的爸爸原來武功很高！可是他不教我，所以中國文化，古人易子而教，自己兒子不親自教，他就幫我找地方上一位老先生，他的好朋友，很有名的中醫，這個人是一個書生，我現在穿的衣服還是他的老觀念，夏天永遠穿最名貴的這種細棉紗的，比絲還好的汗衫，他的醫術也很高明。

父親說：「我找林伯伯來教你。」

這個時候啊，大概對這些武俠小說有興趣，所以我常講，《三國演義》這類書看多了，自己心想一定要出來作第一人，就是《三國演義》說的那兩句話，縱橫天下，割據城池，我自稱北漢王，好像看了《三國演義》都把自己當劉備，至少當個諸葛亮啊，或者趙子龍啊，關公還不大佩服，佩服趙雲。所以這個時候有很多的感想。

學詩開始

剛才講到過幾天回家拿一次菜，〈暑期自修於井虹寺（政洪寺）玉溪書院早歸〉是第一首詩，以前的詩都丟掉了，這首詩我幾十年後已忘了，等到我到美國，李淑君整理那些詩，後來把它編攏來的時候，我已經跟大陸通信了，老同學告訴我才想起這件事，我看了也覺得很有趣。

西風黃葉萬山秋　四顧蒼茫天地悠
獅子嶺頭迎曉日　彩雲飛過海東頭

有一點你可以了解，我一輩子對於人生是悲觀的。同時我也發現，世界上的英雄人物，他的心理都是悲觀的，這有點太吹牛了。譬如講歷史，曹操、唐太宗等等，都是悲觀的，包括西方的英雄。為什麼人會悲觀呢？因為有點神經質的人，要嘛很狂的，你再仔細檢查一下毛澤東許多作品裡，都是悲觀的。曹操也很悲觀的，舉個例子，你們都曉得曹操很多名詩，名句，「月明星稀，烏鵲南飛，繞樹三匝，無枝可依」，處處是悲觀的，想作了不起的英雄，心裡都有一種宗教性的悲觀，我的一輩子也是悲觀的。不過這個時候是兒童時代，不大成熟。

最要緊的，我雖然在山上自修，讀古書，我還會花錢到上海訂《申報》，要了解時事。可是呢，上海的《申報》到了我們鄉下，到了山上啊，已經一個月以後了。可是我還是要看報，看得不大懂，但是我看報的習慣連廣告我都看，這是一個要點，所以慢慢對外界的情勢，似懂非懂，覺得很不對的樣子，因此才有這一首詩。

這首詩是寫景的，也是實在的，我常常回家去拿菜，很早就下山了，拿菜回來，碰到太陽剛剛出來，山上廟子到我家之間有個山坡，叫獅子山，所以說「獅子嶺頭迎曉日」，天剛亮，「彩雲飛過海東頭」，這是十五歲所作的那首詩，所以我們家鄉有些同學都記得。

在這裡你看出什麼沒有？重點告訴你，詩詞文章有一個東西很重要，都有「讖語」，就是會有預言的作用。很多人的詩裡頭都會有這個東西，這就是讖語。在這裡，我幾十年後，三十幾年在台灣，才印這本詩集，「彩雲飛過海東頭」，這個是第一首。

第二首**〈簡朱筱戡兄於南京〉**，這位朱筱戡，他的父親是我學詩的老師，現在有一本詩集出來，還是我寫的序，這個資料沒有給你帶來。當年他是名學者，我講真的，學詩我是跟這位朱味淵先生學的，就是朱筱戡的父親。這位名詩人的學生裡頭，我是年紀最小的一個，另外有在台灣作過副總統的陳誠，在台灣作過司法行政部長的林彬，還有很多名教授，我是最小一個。我跟這些同學，年齡相差幾十年啦，還有朱鏡宙（章太炎的女婿），後來在台灣曾住在我那裡。章太炎的女婿作過甘肅的財政廳長，銀行的行長，都是名人，只有我不是名人，最小的一個。

我只跟朱先生學了一個暑假，我們家裡一班讀書的，包括我的表哥，就是王偉國的父親，他是讀師範學校的，暑假回來也參加。我們那個時候，都自動的請最好的老師在家裡補習，還是舊文化的觀念，就是私塾。我父親就告訴我，我表哥家裡請朱先生來教，問我去不去啊？一聽朱先生大名，當然去啊。我那個時候是小孩子，朱先生詩很好，他每天教完了，講講寫詩寫字。我一聽他讀詩，就喜歡聽，又很難過，就是滿腔悲涼，悲觀的味道。他那個念詩的聲音，我喜歡站在窗子外面聽，就那樣就懂了詩的道理。我從小就會作詩了，因為詩學淵源是從朱先生學來的，我沒有問過他怎麼樣作詩，就會了，平仄音韻都會了，一個月時間只聽幾次他念詩懂了的。所以詩詞韻文，如果不懂念詩的方法，光是看看讀讀，詩是作不好的。你（指王學信）會作詩，但你有沒有聽過老前輩念詩？中國人各地都有念詩的方法，你們那裡是怎麼念法，讀書朗誦過沒有？

王：我聽過，范增他很喜歡吟誦，悲愴、激烈、很有感覺。他是江蘇南通人。

我們以前所謂讀書，當時就是那樣方式背的，無所謂後來所謂的朗誦啊，吟詩啊，那都是文人加上的。我們小時候讀書就是頭搖起來大家一起背，吟誦來的。所以詩與詞是韻文，必須從吟誦入手，如果不從吟誦入手，作起詩來，那個音韻會很差的。所以這兩首詩，是小的時候留下來的。

十七歲的轉變

李淑君：老師我補充報告，我剛才從民國七年一路翻下來，就是在民國十四年開始北伐。民國十五年，老師七八歲的時候開始清黨。到了十七年的時候，差不多老師十歲的時候，政府宣布訓政時期的約法。到了民國二十一年的時候還在打擊共產黨，同時提出來「攘外必先安內」，也就是老師十四歲的時候。到了民國二十三年，就對共產黨員發一個宣言，給他們一個自新的機會，所以從老師出生，一直到老師十六七歲，都是在打擊共產黨的時候。

對，你提起這個我要補充了，自修讀書，我已經到了十七歲了（一九三四），這個階段我怎麼辦呢？應該上高中的階段，我想啊，上學很浪費時間，我就託我的叔叔，到溫州把那些中學的課本給我買來。

他說不行耶，有些西洋的功課，那要老師教的，什麼化學啊，物理啊。我說不管啦，你給我買來，那要好幾年讀完，我花幾個月統統把它看完嘛，免得浪費時間。

到了十七歲的時候啊，我就給我父親講，我非出門不可了，要出去了，那個時候已經《三國演義》之類的都看完了，都開始研究《孫子兵法》了。父親就罵我：「你瘋了，為什麼讀兵書啊？」我說這個天下，不帶兵統一天下，這個時代就不屬於我了。他說你瘋了，神經，不要搞這個事。這些什麼《孫子兵法》之類的，都是偷父親抽屜中的錢去買的。因為我手很小嘛，伸進去一抓一把，送給叔叔讓他到上海，到溫州買書。那個時候叔叔很喜歡我，也愛抽鴉片，當然你抽鴉片儘管抽，只要把書帶來給我，他就給我買來了。我父親說你這些書哪裡來的？我說叔叔那裡借的，父親說：「他怎麼懂這個啊？一定是你叫他買的。」

那個時候因為我說非出門不可，而我父親說最好不要出去，沒有意思，他就寫了一個字叫我認，他說這個「埊」，山，水，土，是什麼字？你讀書自己認為很了解。我說這是古文寫的「地」啊，古文的天地那個「地」。「對了，你認得這個字很好啊，走遍天下不過是山水土而已啊，何必跑出去呢？」最後他沒有辦法，所以在十七歲的正月趕快安排我結婚，就這樣結婚了，就是找我的表姊，她比我大兩歲，正月結婚，所以十一月就生孩子，很快，現在我大兒子在家裡，五十幾了，比勳偉大一點，勳偉還年輕。

我還是要走，這一下，剛才淑君報告的，這個階段啊，日本人打東北，東北馬占山起來組織義勇軍，跟日本人打。我十幾歲聽到這個消息，就準備到東北參加義勇軍。可是呢，馬占山的義勇軍啊，沒有好久就沒有了，溜光了，溜到蘇聯，所以我也沒有走成。現在你們不要給我加什麼愛國報國名辭，反正年輕人就是一股衝動，沒有什麼愛國報國的，就是自己想成英雄。這一下參加義勇軍也沒有機會了。

其實我就是要出來看看外面，蔣老頭那個時候是蔣委員長，在江西勦匪，我就跟我一個表哥，兩個人出來到江西，先從浙江到上饒，為什麼呢？我父親有一個同鄉，年輕的時候很窮苦，很笨，家裡沒有錢讀書，我父親給他讀書。我父親常告訴我，這個人姓葉，黃埔十期的，年紀比我大。但是我父親說讀書勤能補拙，葉際豪那麼笨，但他晝夜努力。那個時候家裡沒有電燈啊，天亮母親起來煮飯的時候，自己在那個飯竈的門口，藉那個火光來讀書，勤勞晝夜讀書。當時他正在那裡當營長還是團長，是勦匪這個階段，打共產黨。

我說我找他去，就跟我表哥兩個人行李一捆，投軍啦。我到了江西一看，到了上饒，他剛好出去打仗了，他的本部，營本部還是團本部，我記不得了。幫他做事情的書記，看我們是小朋友，就問我們來幹什麼？我說我們想當兵啊。他說在家裡那麼舒服，當兵好苦啊，我在這裡都苦死了。

我到了江西一看，真的是滿目瘡痍，國民黨打共產黨，共產黨打國民黨，那個土墻上到處都寫蔣委員長是中華民族的救星，這些標語很多，我一路看，一路很生氣，他怎麼夠得上算是中華民族的救星？救星應該是我啊！這是真的心理，給你講我年輕傲慢的話，那毛澤東當然也不是救星啊，心中已經起反感了。所以我在他營團裡等他，等這位黃埔同學，等了兩天，他勦匪沒有回來。我跟我表哥講，回去，回去，這種地方，這個仗打不勝的。我表哥說你也沒有當過兵，也沒有帶過兵，怎麼曉得打不勝。我說我讀了《孫子兵法》，天下大事都懂啊，我說打不贏的，回家了。所以沒有幾天就回來了，我父親說你怎麼去了又那麼快回來了？我不講話，他晚上再問我，我說那個蔣委員長帶這些人打共產黨，搞不好的。「嗨！你小孩子亂講，你不懂。」父親說。

那時候對武功，練身體很有興趣。蔣老頭了一邊準備勦匪，消滅共產黨，所謂「攘外必先安內」，然後才準備打日本。後來我知道他內心的痛苦，所以提出來攘外必先安內。全國準備對日本抗戰，但不敢宣布，就提出來一個口號，要先使國民自強，於是蔣在江西提倡「新生活運動」，因為看到國內一片爛，國民沒有道德，沒有秩序。

國術館的日子

這時中央已經有成立多年的中央國術館，張之江是館長，各省都準備成立國術館，浙江成立的國術館是蘇景由作（副）館長，一個文人。國術館就是練武功的，是訓練員專修班，培養教育有文有武（國術）的人才，訓練兩年以後出來，分發到各縣市作國術館館長，訓練老百姓，提出兩句口號，「攘外必先安內，強國必先強種」，就是優生，要強種必先把國民體魄練好。

第一期已經招生過了，我去時碰到第二期，有一個第一期的學生回來，姓包的，我們同鄉叫他包天，後來我們叫他膽大，膽大包天。他回來就告訴我有這個機會，他說這樣好不好？你反正文學都夠了，先不要進大學讀這些，你也來參加第二期。我說這個學出來幹什麼？難道武功練好，將來沒有飯吃上街打拳頭賣膏藥去嗎？他說你不要亂講，這是國家的政策，國術訓練培養出來，派到各地作教官，把國民的體魄練好。我說這個好玩，也可以練拳。一天要練多久的拳？他說每天八個鐘頭都在練拳啊。我說有沒有文課啊？他說有啊，還要歷史、衛生，什麼都要懂得。我說這個玩意我可以去嗎？他說可以啊。我說學歷呢？初中到高中畢業都可以。我說那我去怎麼說呢？你嘛，同等學歷就行了。我說我怎麼行呢？有辦法，我們都知道你。我說真的嗎？

我不敢告訴父親，他一定反對，要讀書嘛好好讀，怎麼去學打拳頭賣膏藥的事情，可是我的興趣大得很，因為武俠小說看多了。於是就跟朋友們同學們偷偷借錢交學費，不向家裡拿錢，就跟包天去了。一到這個地方報到，馬上考試，只寫了一篇國文，那個主考的人說下面你都不要考了，看你這個文字，其他的大概都行。誰知道我其他的都不行，就這樣被錄取了。所以兩年在那裡練習國術，這個裡頭就多了，什麼南宗北派，什麼少林，十八件兵器，包括蒙古的摔跤，我個子又小，就拚命練，早晨五點鐘起來就練拳了。

這裡還有老的同學，還有二三十歲的，書讀得很好，都是想出來，可以作官的。出來就是教官啊，而且都是官長。有一個傢伙，身體架子也不行，打拳也不對。我們在宿舍裡他睡上鋪，我睡下鋪，他年齡差不多三十了，很瘦，還冒充二十幾歲，我還只有十幾歲。他就每天捆一綑筷子，紮得很緊，每天早晨起來啪！啪！啪，打膀子幾百下，就是這一手。我說你練那些有屁用啊，不是真功夫。他說憑我這個樣子只能夠練這個。畢業以後，他真作了金華國術館長，我還經過那裡看他。我問他這裡有沒有武功高的人？我曉得他是最差的嘛，他說有啊。我說你當館長，如果那些有武功的人找你比試呢？他說我憑這一手他就完了，他們棍子打過來，一下棍子就斷了，他敢動？

他說你來就好了，我說我不幹這個事，我只想練武功。因此所有的武術都練，包括各門各派，我到現在都丟了。那個時候這樣一碗飯，一餐吃八碗，加上一盤肉，吃完後不到二十分鐘，就上課練功了。我還加上晝夜自己也練，而且晚上補習英文，還讀書，很辛苦啊。可是身體很好，所以飯吃八碗，一個鐘頭兩個鐘頭肚子就餓了，不像現在一天吃一餐。

就在這個時候，日本人開始動了，我也正好在這個地方畢業，還有呢，在這個階段是很努力，很辛苦，自己補習功課，白天練武功。然後我想到北京讀北大或者清華，杭州也有幾個好的大學，像之江大學，都很有名，我也找到關係去聽課。尤其講到中國文化，那些教授上課，我就找商務印書館出的一套《大學叢書》，所以我有錢就買《大學叢書》，航空學也看，航海學也看，反正你大學有的東西我都要看，什麼物理、化學，我一竅不通，不通也要看。就是李宗吾講的《厚黑學》，有孔也鑽，無孔更要鑽，越不懂我越要鑽，找些懂的人問問，大概都有點影子。所以把《大學叢書》都研究了，這個時候日本打過來了，先從上海打過來。

到這裡為止，我所說這些不過給你作參考罷了。

二、青春的狂想

十九歲的教官

我們繼續昨天的，應該是我十九歲那一年，虛歲為二十歲。

李淑君：民國二十六（1937）年，就是抗戰那一年。

開始日本人準備打上海。那個暑假就是我要畢業的那一年，浙江國術館第二期，我有幸成為第一名啦。這下子準備跟日本人打仗了，這個時候全國成立暑期訓練中心，尤其是江浙兩省，開始收學生了，浙江開始把學生暑期集中訓練，準備打仗，不過對外還沒有宣布，非常怕日本先發動。

這個時候正好那個總隊長，就是後來作過台灣省長的黃埔同學黃杰。當時他當學生訓練總隊長，要鍛鍊學生體魄，就要求我們去作國術訓練的教練。但是有個條件，沒有文化，不懂學理的不行，當然第一個就商量，要我去作教官了，所以我十九歲就作了教官。學生大概兩三千，我個子又小，其實我心裡很不甘願，什麼都不幹，去作一個國術教官，好像《水滸傳》那個豹子頭林沖啦，就是這個玩意。後來寫信給家裡講，就是作個豹子頭林沖，就是總教練啦。我個子又小，下面學生有些高大得很，第一次上台，威風凜凜的，叫全體立正以後，其實我站在上面兩個腿還是發抖的，那麼可怕。這是這一段開始。

接著抗戰起來了，我要畢業了，畢業就分發，應該派到外面去作館長，作教官，我就不幹這個玩意，我本身只喜歡練習，誰來玩這個事情。那麼中間一段，後來到軍校這些都暫時擱下了，那是民國二十六年，日本人在上海已經快要發動戰爭了。我一輩子有一個莫名其妙的事，畢業以後官也不要作，教官也不要作，想到北大清華嘛，但北方已經不行了，當時的情勢非要作軍人不可，非要帶兵不可。這個國家啊，這個世界，只有兩件事，要有權力，有兵權在手，再不然有全世界的財力在手上，才能安定，除了刀跟錢以外，都不行。這是我那個時候的看法。

但是沒有想到日本人那麼快動手，我一想，上海已經有危機了，也不回家，想到四川去，實際上到四川的目的，還是對武俠小說的迷戀，想到峨嵋山學劍仙，找神仙，學成功了以後，兩手一指，一道白光到了東京，把天皇，把東條這些腦袋都拿下來，仗就不要打了，日本飛機一來只要一道白光，就完了。這個幻想也曉得不可能啊，但還是決定到四川。當時在杭州一班同學老師們啊，都說，那個四川是不毛之地，你去幹什麼？中國好大的地方，你的前途無量，國家馬上需要人起來抗戰啊。我說你們不知道，我非走不可。所以暑假以後，我記得是八月間吧！大家笑我瘋了，我也不好告訴人家是想去找那些奇人異士，去學些特別的。就揹著行李走了。等到我一動身啊，上海已經靠不住了，日本人打來了，杭州已經開始逃難了，我坐上火車回頭一看，錢塘江上逃難的老百姓，擠不過橋的，整個橋都是，可是我已經上火車了。火車一路到江西，然後在江西一路走，想要去拜訪龍虎山，看張天師那裡有什麼稀奇的玩意。到了江西一看啊，不行，報紙上看到，上海已經失守了，杭州也危險了。

李淑君：十月上海撤退，十一月還到重慶。

黃鶴樓奇遇

我八月動身，九月上海打得厲害，所以我一輩子三次，都是在最亂的時代，我事前莫名其妙跑了，等我跑開了，那個地方就出了問題。當時我跑到江西百花洲也看一看，蔣老頭子的勦匪總司令部也去看看，心裡想都不是辦法，怎麼招兵買馬，如何有兵權造反是第一個想法。在江西，聽說杭州要失守了，就馬上坐船到武漢，到了武漢黃鶴樓特別逗留了一下，我說黃鶴樓經常出現神仙，該不會碰到神仙吧！一路上，我一直都是穿中山裝，都很嚴肅整齊的，也沒有表示自己會武功，只是一個普通人。我在黃鶴樓上喝茶，看到上來一個道人很胖，個子很大，精神百倍，像小說上寫的，臉如重棗，就是北方那個黑棗。他跟另外一個穿長袍的，腳跛的，好像是讀書人一樣，兩個人上來喝茶，我就很注意他們，因為武俠小說看多了，心想，這兩個有道理，他們兩個也看我，非常注意我這個年輕人。

那個時候一般人就怕中央部隊，怕軍事委員會，你們不曉得，因為有特務組織剛剛起來，如藍衣社，那是特務啦。四川人又怕軍事委員會的參謀團，因為國民黨沒有統一全國，雲南有龍雲，四川有劉湘，山西……所以趕共產黨一路像趕豬一樣，把豬趕過去，「趕豬吃象」，一路統一就是這樣來的，什麼二萬五千里長征，那是有意放共產黨逃跑的，這個是歷史上祕密，再說啦，現在不講這個，我們講詩。

所以他們兩個人注意我，我心裡想，這兩個人不要把我看成參謀團的，中央派來的特務啊，心裡害怕，又好奇。他兩個人談談，談得很高興，把茶錢付了就下樓走了，我也跟著下樓，跟著就追了。這兩個人向黃鶴樓後面走，後面是條山路，我一直距離有個二三十步，一路跟，跟到山裡頭去了。忽然那個老道，兩個人就停下來，不走了，回頭等我。

我心裡為難，武俠小說看多了，這兩個究竟是妖道還是好人？前進或後退，態度上一點沒有看出來，腳步比較放慢一點，不過我想那兩個傢伙，如果動手我還可以對付，就慢慢向前了。這個老頭很慈祥，等我靠近時，他說：

「請問先生你跟在我們後面做什麼？」

我說：「沒有啊，我也要到山裡頭。」

他說：「你到山裡哪裡？」他聽我口音就不對，我那個時候普通話講的是浙江國語。他一聽不對，又說：

「先生你是下江人？」

我說：「對，浙江。」

他說：「哎喲！上海戰事怎麼樣？」

我說：「不知道。」

他說：「先生這個前面沒有路啊，這個山上沒有路，過去是另外一個小廟，不通的，你想哪裡去？」

我說：「不知道，沒有路我就不去了。」我也不敢問他們兩個有沒有道啊，有沒有武功啊，若是曹越的話，也許就跪下來求道了。這個老道對我講一句話，他說：

「先生我看你前途無量。」我想這個傢伙還會看相啊，我就笑了。

我說：「以後呢？」

他說：「我看你不是在這邊，一定是向西方走，向四川或者……二十年以後我們江西龍虎山見面。」

他就講了這幾句，莫名其妙。我行個禮謝了，前面沒有路我也不去了，這個疑案始終還擺在這裡。所以我常常碰這些怪人，於是就回來，趕快到四川。

到了四川重慶，乘輪船由三峽上去的，在重慶找個旅館住下，晚上要開水，叫茶房，沒有人答應，叫了半天沒有人。原來四川不叫茶房，叫「公司」，所以後來我就開玩笑，叫「要死」，茶房就來了。後來我說我要開水，茶房說「煞鍋」，四川話，意思是沒有啦。在旅館住了半年，一個人不曉得向哪裡走，想到峨嵋山，第一次探路。當時局面是非常緊張，半年以後，國民黨中央政府首都南京就失守了。我們天天看報紙，緊張，政府退到了武漢，武漢又失守了，最後退到重慶。等他們大家到了重慶，看到了我們，哎呀！你有先見之明啊！我心裡想什麼先見之明，你們是逃來的，我早半年就先到了。後來我就到了成都，這一類故事很多啦。國家要抗戰了，兵源不夠，到了四川，南京已丟了，武漢也丟了，日本部隊是節節勝利，我們節節退敗。

四川組墾殖公司

我在成都這個時期，交遊很多啦，什麼看相算命，我一天找算命的朋友五六次，這個算了我的八字，那個又算，江湖人物四川特別多。在他們四川那一批朋友中，包括老政客裡頭，我認識很多人，後來發現這批人始終有個錯誤，認為我這個傢伙是中央來的，是中央先派部隊的頭頭，跟康澤一樣的參謀團人物。由於沒有中央部隊，四川人隨時想造反，後來他們就要求我起來作總司令，他們說，有一股土匪三千個人，兩千多條槍；另有一處也有幾個人和槍，都可以歸我。我也無法聲明中央沒有任命給我啊，我也不好自己來，可是四川的朋友，都圍著我轉。

後來，來一個黃埔第一期，姓夏的，來找我，他說還是你出來，我來給你抬轎了，我們有三萬多人，組織不起來。我說中央沒有東西給我啊，我跟中央沒有關係啊，那個時候我還只有二十一歲呢。

他說：「哎！你不能那麼講，我是黃埔第一期的，是真的，你中央有沒有關係不管，連我們看到你都站起來敬禮，就算是中央有關係啦！」

我說：「不要瞎扯。」

他說：「《三國演義》《水滸傳》我們大家都很熟，打天下就是那麼出來的。好啦，我有東西給你。」他拿來一個計劃書。

又說：「我們四川、雲南、貴州、西康，四省的邊境，大小涼山的區域，七、八萬平方公里的土地，現在是少數民族彝區，彝人的區域，有金礦，有銅礦。彝區裡有一個地方叫『萬擔坪』，到現在還沒有開發，滿清也沒有辦法，中國幾千年到現在共產黨來，還是沒有辦法，叫作『打開萬擔坪，世上無窮人』，相傳有這句話。這樣吧，組織一個大小涼山墾殖公司。」當時參與的人啊，那多了，前清遺老也有，北洋政客，包括北洋軍閥，年紀大的五十幾，沒有六十以上的，包括失意的軍官、政客，包括地方流氓，土匪都有。

於是我就作起了「大小涼山墾殖公司」總經理，因為有這個墾殖公司，就組織自衛團，不好稱司令部，自己兼作自衛團的總指揮，所以我二十一歲就玩這個，自稱北漢王，在西南就玩起來了。（賈寧來訪）所以你們寫我歷史很難，其實我還招收了很多土匪，那個時候就把鬍子留起來，像陳定國那樣，比他的漂亮，其實只有二十一歲，人家問我，我說四十五了，帶領了這一批軍閥、官僚、土匪。有一位土匪頭子只三十多歲，有一千多人，不聽招呼，我說我自己去。我人都不帶，一槍都不帶，騎一匹馬一個人去，就把他收服了。這個人非常漂亮清秀，兩個手都會打槍，而且飛鳥來的時候，一聽，眼睛都不看就打下來了。結果我當天把他收服了，後來一直跟在我身邊作侍衛。

這個階段啊，沒有玩多久，大概只玩了一年多，不行，這個玩意不能玩，玩下來左邊要打垮蔣老頭，跟國民黨造反，右邊還要勦匪，打共產黨，然後還有土匪，我就想到唐人那一首詩，那是讀書讀多了的幻想。

澤國江山入戰圖　生民何計樂樵蘇
勸君莫話封侯事　一將功成萬骨枯

如果實行自己的理想，要多少萬的人頭落地啊，不幹了，這個東西不好玩。可是到那個位子上時，退也退不了，因為中央也知道了，戴笠也知道了，後來我想辭掉，連中央，連戴笠都不答應，你手中有那麼多兵源，打仗的兵不夠，所以我這一段是「掛印封金」，偷偷帶了一個人跑掉的。你說講富貴功名的威風，站在那個閱兵台上啊，下面看幾萬人，比蔣老頭子，比毛老頭子都威風。那個彝區地方，我騎馬帶一排人出來，兩邊都是武裝部隊，老百姓跪在地上，頭都不敢抬。

這個很不是味道啊，人到了這個地位，最孤單，孤家寡人，看到人講一句話「放狗屁」，是！對！就好了，連講話都沒有人。旁邊沒有一個諸葛亮，連諸葛暗都沒有，那很難辦，文武都是一個人來。所以後來我就告訴那個參謀長，不行啊，不能叫他們這樣跪，站著就了不起了，為什麼要跪？他說你要搞清楚啊，這裡是沒有文化的地方啊，而且這些傢伙，不知道有中央的，今天只曉得有個蔣皇帝，還有個龍皇帝（龍雲省主席），這還是裡頭比較聰明的人，其他的人只曉得諸葛亮，告訴他們，我們是諸葛亮那裡來的，所以他們才服氣。

哎呀我的媽啊！這個地方教育開化，沒有兩百年完成不了，我說我要五六十年犧牲在這個地方，白稱北漢王起來造反，帶到蠻兵來打天下，搞不成的，所以就跑掉了。

北漢王 石達開

這些詩都是講這一段時間，所以這一首〈過蠻溪〉，你們都知道啊，你們諸位，這是閒談。這位朋友，那個朋友，都是旁聽的。那個時候詩啊，都是年輕那一段，會作，還不太講究，你（指王學信）嘛還可以馬馬虎虎欣賞。

亂山重疊靜無氛　前是茶花後是雲
的的馬蹄溪上過　一鞭紅雨落繽紛

這首詩就是說這個階段。所以下面的題目用了〈務邊雜拾〉，實際我剛才講的比較有一點影子，詳細內容多得很。那時我一個人好可憐，好在只有二十一歲，應付那些老的少的，那些人心理上都是三心二意的啦，都是土匪野蠻人，後來還是四川人替我收集這些詩，我把它記下來叫〈務邊雜拾〉。這個裡頭我想，有典故的我們兩個人討論，其他我們就唸過去了。

東風驕日九州憂　一局殘棋尚未收
雲散瀾滄江嶺上　有人躍馬試吳鉤

「東風驕日九州憂」，所謂「驕日」，就是講日本，我們全國在擔憂，因為抗戰了。「一局殘棋尚未收」，為什麼講一局殘棋？那個時候的國民黨部隊在抗日，共產黨在延安，他（國民黨）說起來抗日啊！那個時候國民黨的部隊是天天打敗仗，打兩個小勝仗都是雜牌部隊打的。老實講我們在重慶那個心情是準備逃跑的，所以汪精衛那個時候有一個「低調俱樂部」，認為中國必敗給日本，一定亡國。我們準備由重慶撤退到成都，成都再逃跑跑到西藏，好聽叫撤退，不好聽叫逃跑，到了西藏以後中國整個完了，我們絕不作亡國奴，出國到緬甸印度，去流亡。所以我第二句話感慨，那個情況是這樣，「一局殘棋尚未收」，中國最後一棋局，中國已經去了三分之一，甚至一半多了。「雲散瀾滄江嶺上」，瀾滄江在雲南。「有人躍馬試吳鈎」，吳鈎是典故了，這些你都會，就是我要你註出來典故。

千岩萬壑獵天驕　　列隊梯山士氣豪
深夜鳴笳親校閱　　魑魅驚走鎩弓刀

「千岩萬壑獵天驕」，這些沒有什麼大的典故在內，「天驕」有典故，你都知道了啊。「列隊梯山士氣豪」，這句是偷石達開的，石達開有四首好詩，你知道石達開這首詩嗎？

王：看過，不是很熟。

背不來，那我把全首叫他寫出來，石達開那個區域，就是紅軍二萬五千里長征的那個區域，也就是我在那裡稱王的那個區域，不過那個時候紅軍已經過了。

揚鞭慷慨蒞中原　不為仇雠不為恩
只覺蒼天方憒憒　欲憑赤手拯元元
三軍攬轡悲羸馬　萬眾梯山似病猿
我志未酬人亦苦　東南到處有啼痕

石達開這個詩都很好，「揚鞭慷慨蒞中原，不為仇雠不為恩」，跟任何人都沒有恩怨，「只覺蒼天方憒憒」，只覺得時代不對，「欲憑赤手拯元元」，想赤手空拳救這個國家，救這個時代。所以下面接著是，「三軍攬轡悲羸馬，萬眾梯山似病猿，我志未酬人亦苦，東南到處有啼痕」。

那麼實際上第二首是偷這個意思，所以，「千岩萬壑獵天驕，列隊梯山士氣豪，深夜鳴笳親校閱，魑魅驚走鍛弓刀」，這是當時的詩，有一股土匪氣。

陣雲烏合不成軍　草澤流亡習氣深
閒取翼王遺墨讀　劇憐成敗論初心

「陣雲烏合不成軍」，但是我曉得在那裡搞下去一定會失敗，會變成石達開第二，或者最後一塌糊塗。為什麼？這些傢伙啊，沒有辦法嚴格訓練，而且我們沒有教官，一般人不願意到這裡。「草澤流亡習氣深」，都是土匪，「聞取翼王遺墨讀」，「翼王」就是石達開，我在那個地方正是石達開失敗那個地區，所以常常看他的東西，很多的感慨。「劇憐成敗論初心」，最後一句替石達開傷心，也替自己想想，不能再幹下去了。

銅鼓爭傳年少名　江山畢竟屬書生
雕鞍歸帶斜陽影　偶一揚鞭北斗橫

「銅鼓爭傳年少名」，在西南當時我的名氣很大，這個銅鼓是馬伏波（馬援），那個區域在南方只知道諸葛亮跟馬援，不曉得現在是明朝啊，清朝啊，中華民國啊。「銅鼓爭傳年少名」，這是講我自己啦，「江山畢竟屬書生」，這是講知識份子的自負啦，「雕鞍歸帶斜陽影，偶一揚鞭北斗橫」，這些典故名辭都知道了，都是自吹的。

豎子中原競姓名　隆中何處覓先生
星河刁斗征旗動　叱咤風雲變態橫

「豎子中原競姓名」，看不起這一班作前方總司令的，打日本的人，我認為這些小傢伙，一個一個都是敗將，（我）眼中無人啊，這些「豎子」在「中原競姓名」，唉！沒有一個真正的諸葛亮，「隆中何處覓先生」，我自己旁邊很需要這麼一個軍師，但是沒有。「星河刁斗征旗動」，這些典故你都知道，「叱咤風雲變態橫」，都是土匪區，跟毛澤東那個土匪區差不多。

揮戈躍馬豈為名　塵土事功誤此生
何似青山供笑傲　漫將冷眼看縱橫

「揮戈躍馬豈為名」，我自己認為不是為了功名，是想做一番事業，「塵土事功誤此生」，在這個時候心理產生矛盾了，又想修道，又想治國、齊家、平天下，就是矛盾很大。「塵土事功誤此生」，耽誤了這一生。「何似青山供笑傲，漫將冷眼看縱橫」，最好是退出局外，站在旁邊，冷眼看看他們，最後走這一條路，就是這個階段。

後來我到軍校當教官，當了兩年也不幹了，不幹以後，碰到袁先生決心修道了，完全離開。大概真正碰到佛法，真正了解了以後，是二十五歲階段，我入山到峨嵋山閉關是二十六七歲這個階段，這個年份你查，後來就轉到另一個階段。

李淑君：老師，是二十五歲的時候。（擺桌子要十分鐘，如果現在休息，我們大概要八點才能吃飯）

好啊，就停了吧，今天因為你兩個來遲了。晚上我們還有別的課。

三、風雨飄搖的年代

我看這樣，我們時間關係，只能大概講一下，不能詳細講了，以紀年為標準來講吧。這個時候是抗戰，我就跟這個軍方，乃至中央，就分手了。昨天也講過，報紙這個也都是偶然玩玩的。現在有一個資料你看，就是《九十年代》那篇資料，是影印給你的，說大陸發表我跟王震兩個為中國歷史會的會長，你知道嗎？

李淑君：中華人民共和國建國史學會。

王震跟我兩個是名譽會長，真正會長是鄧力群，一批都是左的，現在王震死了，我還是中國共產黨的左王啊，所以我就打個電話給北京，我說你們趕快把黨證給我拿來吧，可見我是老黨員了，實在笑死人了。

皇帝登基的鬧劇

為什麼講到這個問題呢？真講到國史，在抗戰這個階段，後方像四川的一班土匪啊，還有雲南的，貴州的，都是亂黨。中國人的文化有一個毛病，到現在為止，每個中國人都是想當皇帝的；換句話每個人都想當領袖。你看工商界那些大專畢業的小傢伙，去作學徒，搞了幾年就想作老闆了。所以現代人很不好用，可是這是中華民族的民族性問題。

我當時在軍校作教官，成都這個皇城，據說現在也拆掉了，當時我是住在這皇城裡頭的。有一天禮拜天放假，我想上街，所有這些部隊長官都走開了，輪到我自己值日，我等於是負責政治部。嘿！我看看下午沒有事了，學生都放出去了，剩下一班學生，也是值日。我說你們把槍上好，門口衛兵站好，我出去一個鐘頭就回來。實際上我一點屁事都沒有，出去散步散步，走了一二十分鐘，不放心又回頭走，回頭一看，不得了，有八部黃包車，北京現在還有吧？人力拉的車。

王：現在沒有了。

從前都是黃包車，東洋車啦。當時看到前面一部車有很大一個黃旗「替天行道」，一個人拿著，坐在車上，後面有龍旗，一個人穿了皇帝的衣服（唱戲的），一個女的穿的是皇后的衣服，就向皇城去，然後他們就衝進這個皇城了。北京有皇城，成都是小皇城，像劉備啊，這些在那裡稱王的。因為皇城有一部份，屬於中央軍校我帶領的部份。這部份有地方的自衛團，現在講是地方的武禁區，都有衛兵的，看到他們衝進去，後面老百姓一大群，幹什麼？皇帝來登位了。

我一看這個不得了，很嚴重，不曉得搞些什麼東西。我就趕快回頭走，跟著這個群眾。我穿的是全副軍官的武裝，跟著跑過去，門口兩邊站的衛兵就跟在後面追，他們已經進了皇帝的大殿，皇帝也登位了。這時來了一排兵，把這個大殿包圍起來，我就聽到槍聲，啪啦啪啦，向這個大殿裡開槍。我跑步到了自己這邊門口，看到學生站在那裡很緊張，我問：「什麼事啊？」「聽說有人造反作皇帝，進了這個大殿了，上皇帝殿了。」我就立刻回去調一班兵，只有九個人，我說你們每人統統把子彈上好，到門口站住。再打電話到學校本部，也是放假，只有一個值日官，我身邊只有幾個人，如果地方那些人真的造起反了，還不曉得怎麼辦。

我布置好了以後，自己插上手槍站在門口指揮，看到他們搞了一個鐘頭，沒有事了，我就走過去。那個地方團隊的司令官站在那裡，他就敬禮：

「報告，地方上的老百姓，不曉得哪一縣來的，造反作皇帝，有大將軍，手裡拿一把大刀，還有宰相，還有皇后，都是他媽的鄉下人，開槍都把他們打死了。」

我說：「你怎麼不留一個活的呢？」

他說：「都打掉了，我趕來已經打死完了，現在檢查屍體。作皇后那個女的，腰裡包著金戒指，黃金還有一大堆。」四川在抗戰時還有這一種事，親眼所見，你們看都沒有看過。

所以當時我跟張治中兩個人吵架，我說我們黃埔軍校是革命的大本營，到現在為止，那些教官們，能幹的不肯幹，肯幹的不能幹，留下作官的，統統又不能幹又不肯幹的。到今天大陸也是一樣，能幹的不肯幹，肯幹的不能幹，剩下來作官的，都是既不能幹又不肯幹。我說這個國家還得了，由黃埔開始一直到我們，有好幾萬學生畢業，每個學生畢業都想作大元帥，都想作皇帝。我們中國人，每年教育出來幾萬個元帥統帥，如果跟日本這一仗打下來，我們幸而勝了，這個國家怎麼治啊？安得不亂啊？我們教育他們革命，是教育他們破壞的，沒有教育他們建設，所以張治中我們兩個大吵一架。誰敢碰張治中啊，我不在乎的。

這件事情也不了了之，中國到現在，每個人都想作領袖，包括出家的，每個都想作大師，都想作當家的，這是中國的民族性，不甘人下。

峨嵋山的風風雨雨

自己原來想打天下，到了最後一看，又學了佛，就溜掉了，不幹了，因為政治也解決不了問題。人類的問題，軍事也解決不了，經濟也解決不了，勉勉強強說，宗教能夠教化人，又誰都教化不了，沒有用的，連自己都沒有教化好，那個時候甚至想到出家了。所以這個時候，幹什麼呢？譬如我碰到袁老師，參禪，人家說參禪學佛那麼難，我一上座已經明白了，但是還是有一點不明白，所有的佛經都沒有看過。

那個時候佛經不像現在哦，現在的《大藏經》隨便買，我們中國歷代以來，《大藏經》都是由皇帝同意之後，才發給大廟子一部。到民國初年，抗戰這個時候，四川那麼多廟子，有全部《大藏經》的不到十個。因此我打聽到峨嵋山大坪寺有《大藏經》，就跟他們交涉，結果不行，他們說，出家人要看《大藏經》，起碼在這個廟子住禪堂三年，還要修行有成就，然後再出來當家三年。當家三年以後，沒有功勞也有苦勞，大家同意了，才讓你看《大藏經》。所以連出家人都那麼難，你是個居士，要到大坪寺閉關，條件是要全部《大藏經》搬到關房，這是不可能的。

結果我就找了普欽法師，這位四川的和尚很了不起的，刺舌頭用血寫的一部《華嚴經》，兩個指頭都燒了供佛，所以也是八指頭陀，學禪、學密，是大坪寺的。這位師父啊，對我非常好的，開始我們兩個是朋友，後來他教了我很多東西，我說我應該叫你師父，就變成師父了。他後來也到西藏學了密法等等。他說希望我啊，將來是國家的老闆，最好是國家主席，佛教就有辦法了。我說不可能的。嘿！他拖我去很多地方，其中有一個摸骨的，看相的。這個裡頭故事很多，碰到很多奇怪的人。

我跟普欽師父說：「我也不想當皇帝。」

他說：「你當個省主席也不錯啊！」我說決心去修行。

他說：「啊，你真的修行去啊？」

我說：「你那個廟子大坪寺有《大藏經》，我要看《大藏經》啊！」

他說：「好，我告訴他，一定給你。不過我只一個人，廟子雖是聽我的，可是我到底人住在外面，不大在這個廟子上。不是省主席跟你倆很好嗎？」

我說：「對啊，這些人，還有劉湘的參謀長傅真吾，這一批軍閥都是我的朋友。」

他說：「叫他們告訴廟子上，這一班人還是怕槍桿的啦，我去跟他們說要你去看《大藏經》，當然同意，可是提一個條件，要出家。」

我說：「這個嘛！我說這樣，剃了光頭，不受戒，穿和尚衣，看三年以後再說。」

最後就這樣，所以出家了，你看真出家，還是假出家？

所以把《大藏經》都搬到我的關房，三年閉關，除了打坐以外，一天看二十卷《大藏經》。峨嵋山頂大坪寺之冷啊，冬天蓋三床棉被，我穿了皮的衣服在裡頭睡覺，還沒有覺得有被子，早晨起來被子上面一層是結冰的。到了冬天啊，四個月當中，飯都是半生半熟的，天天吃一碗萬年菜，鹹菜炒辣椒，是第一等的，如此過了三年，還過午不食，除了每天打坐以外，整天看《大藏經》，要三年把它看完。

為什麼我定三年閉關？因為小的時候我在廟子上讀書，有一天看了佛經，是放燄口的本子，翻了一下，那些辭句非常美。我回來就給父親講。

我說：「那個和尚（是我同宗，我叫他公公），桌上擺一本經典，是放燄口本子，哇！那個文章真好。」

父親：「你曉得誰作的嗎？」我說不知道。
他說：「那是蘇東坡當年替和尚作的。」
我說：「怪不得文章那麼好。佛經有多少啊？」
父親：「我也不知道，不過我告訴你有個事情，從前有個狀元，狀元考好了要讀佛經，二十年才讀完。」
我說：「那麼多啊，可是裡頭講些什麼？」
父親：「你問我，我要問誰啊，我也不知道。」
所以受了這個影響，我想那個狀元讀了二十年，我要三年把它讀完，晝夜還作筆記，每天起碼二十卷，到五十卷，所以三年閉關在這裡。**〈入峨嵋山閉關出成都作〉**，是離成都時所作。

大地山河塵點沙　寂寥古道一鳴車
薰風輕拂蓉城柳　曉夢驚回錦里花

了了了時無可了　行行行到法王家
雲霞遮斷來時路　水遠山高歸暮鴉

這首詩就是出成都入峨嵋閉關時作的，你（指王學信）只有幾天在這裡了，搞不完了，我們就挑著重點來講吧。

「大地山河塵點沙，寂寥古道一鳴車」，這裡都沒有典故，有典故你知道怎麼處理。「薰風輕拂蓉城柳」，成都叫蓉城，「曉夢驚回錦里花」，成都也叫作錦城，也叫錦里。「了了了時無可了，行行行到法王家」，佛稱法王。「雲霞遮斷來時路，水遠山高歸暮鴉」，講作詩，這裡才開始，我當時對這首詩啊，蠻舒服（得意）的，請你評價啦。

龍門洞豔遇

從成都去峨嵋山，先到龍門洞。這個龍門洞，是整個峨嵋山溪水流下之處，那個溪流，轟！萬馬奔騰。有一個和尚讀書人出身，他在這個溪流的中間一塊大石頭上蓋了一個廟子，一條橋，就住在那裡。成都有一對姊妹，一輩子不嫁人的，家裡很有錢，是和尚的大護法，也住在那裡。所以他錢也有，是這樣一個和尚。我說：「你這個和尚，兩個小姐，是你的情人嗎？」我跟那和尚是朋友，他說：「你怎麼搞的啊！這…這…怎麼亂說。」我說：「我們兩個好朋友，你講老實話。」他跟我打馬虎眼。

我們倆感情好，所以我到龍門洞就先去看他了。

他說：「你來幹嘛？」

我說：「我來當和尚。」他看我全副武裝，我入山的時候全身都是軍服，和尚衣來不及做啊。

我說：「你個子比我大，你那些衣服請這兩位小姐改一改，我可以穿。」

他說：「不行，我這裡有一個裁縫，三天會把你的衣服做好，連冬天的衣服都做好。」他馬上就找人去找那個老裁縫來，量我的身材，我說好，衣服歸你辦。所以龍門洞是峨嵋山入山的關口。這個和尚叫什麼名字將來補給你。

穿雲衝破幾重天　蹤跡空留嶺外烟
試上龍門回首望　不知身在萬山巔

這一首詩，傲慢的氣氛都出來了，「試上龍門回首望，不知身在萬山巔」，等於古人有一首詩，「海到無邊天作岸」，你曉得這一副對子嗎？「山登絕頂我為峰」，這是最傲慢的句子，「試上龍門回首望，不知身在萬山巔」，也有點這個意思。

這個時候，成都大後方所有的熟人都在找我，大家在猜想，這個傢伙可能到延安去了。另有一派猜想，我一定到新疆去另外造反，自己起來打天下。誰也不知道我在峨嵋山閉關，連我的老師都不知道。後來就是龍門洞這個和尚，哦想起來了，他名字叫演觀。這個演觀嘛跟我很好。這個和尚到了成都，他的在家朋友很多啊，學術界這些都認識，他叫我的老師也叫老師。大家都在找南懷瑾，南懷瑾在哪裡？他憋不住了，優哉遊哉就笑，就說出來，「他在峨嵋山。」我老師一聽，「啊！他在峨嵋山幹嘛！」「當和尚，閉關。」

所以，最近佛學界很有名的賈題韜剛過世，他是我的朋友，當他最後見到我時說，他悟到了一個道理，我說什麼道理？他說：「天下事什麼都可以猜，諸葛亮也好，算卦也好，神通也好，都猜得到，唯有一樣東西猜不到。」我說：「什麼？」他說：「空，你到那裡全空了，我們在這裡都向『有』的地方找你，那怎麼找得到啊。」

傅真吾與蔣介石

好，這一下成都知道了，就是這個題目，**〈秋日四律步傅真吾先生原韻〉**，傅真吾名字叫傅常，他是四川潼南人，軍閥劉湘在四川稱王，他是參謀長，等於副手，後來中央跟四川合作，蔣老頭子就發表他為軍事委員會副參謀長。可是他始終沒有到職，不作官了，這個人學禪宗，又學密宗，還有神通。當年，在這個以前，我在靈巖山，作這首詩以前，碰到袁先生的時候，他（傅）在靈巖山閉關打坐，他跟我是朋友之間，年齡比我大。有一天他跑來跟我講：

他說：「喂！我中午就要下山了。」

我說：「幹什麼，你在這裡閉關不是很好嗎？」

他說：「中午他要來。」

我說：「誰來啊？」

他說：「蔣老頭子要來。」等於毛主席要上山了。「我不跟他碰面，我要走了。」

我說：「你怎麼知道？」

他說：「我看到了啊！」

我說：「你神通知道了嗎？沒有事啦，前方打仗那麼忙，他跑上山來幹什麼？」

他說：「下午一定到，三點鐘，我走了，我避開他。」

這個時候他才講出祕密。（這個祕密不要寫哦。）

我說：「你怕他殺了你啊，人家說四川交給中央都是你交出去的，有大功勞。」

他說：「那算什麼！共產黨二萬五千里長征，到了四川盆地，他為什麼勦匪讓共產黨跑那麼遠呢？那是放豬來吃象。你知道嗎？各省都沒有團結，他把共產黨放過去，兵在後面趕，就把這一省吃掉了。共產黨跑到四川來，與蔣開會我參與了，開會是真的，我起來講，計劃我來做，共產黨一個月以內使他統統消滅完。我把共產黨困在草地裡死掉，也不打，就出不來了。他聽了我這個作戰計劃，『好！照這樣辦。』我以為他照我這樣辦，後來他把西北就放了一個缺口，叫馬家的騎兵隊來個缺口，逼共產黨去延安，那時我才悟到了，他原來是有意放走的，那不槍斃我麼？所以我不去作他的官。後來我才懂得他為什麼放共產黨到延安，準備過來吃閻錫山，吃西北的。誰知道張學良來個西安事變，日本人打過來，所以沒有完成。這個是世界上的祕密，歷史的祕密。」

我說：「原來是這樣一回事啊，你快走吧！下山去。」他下山一個鐘頭後，蔣老頭子到了，他的神通就這麼厲害。

他跟我是好朋友哦，聽到我在峨嵋山閉關，就叫人送上來四首詩，〈秋日四律〉，他作的，要我和他。我後來寫封信給他，我說你搞清楚，我在修行閉關啊，「寧動千江水，不動道人心」，你這個時候還叫我作詩，不過我看了他的詩，真的還不錯。和他的這四首詩，在山上作的，很得意之作，現在請你評論。

漏夜浸寒不畏霜　臨流看月泛溪長
迎人處處皆通路　卓杖山山是故鄉
陶令情囚三徑菊　枯禪念繫幾莖香
分明亘古閒田地　何事敲空問斷常

「漏夜浸寒不畏霜」，我完全是在山上出家修行，「漏夜」這個典故不需要說，你都會的。「臨流看月泛溪長，迎人處處皆通路」，你說學禪，這個就是禪，「卓杖山山是故鄉」，到處都是道。

「陶令情囚三徑菊」，講陶淵明不肯出來作官，自己被清高困住了。「枯禪念繫幾莖香」，一般學佛的人都不對，只想打坐多坐點時間，以為是工夫，以為就是道。

真正的佛法在哪裡呢？「分明亘古閒田地，何事敲空問斷常」，斷常是佛學最重要的觀點，認為空是沒有，是斷見，認為法身不滅是常見，斷常都不對，非斷非常，這個大家應該清楚。

雲作錦屏雨作花　天饒豪富到僧家
住山自有安心藥　問道人無泛海槎
月下聽經來虎豹　菴前伴坐侍桑麻
渴時或飲人間水　但汲清江不煮茶

「雲作錦屏雨作花，天饒豪富到僧家」，就是二祖神光問達摩祖師，達摩祖師問他你來找我幹什麼？他說我心不安，「住山自有安心藥，問道人無泛海槎。」所以達摩後來不是給他安心嗎？

「月下聽經來虎豹」，文人吹牛的話，不過峨嵋山老虎真多，經常聽到叫，是不是來聽經的，不知道。「菴前伴坐侍桑麻，渴時或飲人間水，但沒清江不煮茶。」

崖巉風細草驚秋　洞雅何須百尺樓
月冷高梧垂玉露　花浮流水泛金甌
數聲鐘磬啼猿鶴　一席溪山笑冕旒
聞道閻浮閑木樨　幾回遊戲到神州

這裡都沒有困難，對不對？「聞道閻浮閑木樨」，佛經講這個世界是閻浮提，世界名稱。木樨是所謂「聞木樨香否？」黃山谷悟道的典故，黃山谷是在晦堂禪師處聞到木樨香悟道的。

醉染霜林幾樹紅　善來雙鳥解巢空
分明凡聖無優劣　妄指西東有異同
扶杖人歸天上月　呼群雁叫嶺頭風
洞門偶一讀黃老　誰在拈花微笑中

「善來雙鳥解巢空」，佛經上講有一種鳥叫巢空鳥，在空中做窩，虛空怎麼能做窩？在空中抱蛋，在空中生鳥，是真實還是比喻，給你參一參了。

「分明凡聖無優劣，妄指西東有異同」，這都是禪話啊！「洞門偶一讀黃老」，讀黃帝、老子的書。「誰在拈花微笑中」。

到昆明　去上海

這四首是閉關時候為了這位傅先生，這位朋友而作，後來我閉關出來，抗戰已經結束了，我到雲南昆明大學講學，我是有意避開四川啦，也沒有回家。避開四川幹什麼？因為四川一班朋友不讓我走，而且當時全國跟共產黨鬧翻了，都在組黨，所以民革啊，民盟啊！全國組黨的很多了。四川成都，西南一批朋友，認為今天要救這個國家，要組一個新黨，大家找了半天要我作黨魁，另組一個黨。

他們：「你出來。」

我說：「你們怎麼搞的？」

他們：「我們年紀大了，這個國家的未來要你。」

我絕不幹。不幹啊，他們天天包圍我，煩死了，就是這樣，我就溜到昆明去。但是這個時候也是閉關出來，天下在亂，後來我走的時候，還引用曹操的話說，你們不要把我送到火上去烤啊。

到昆明以後，當然已經不穿和尚衣了，這個時候考慮到，中國的前途很有問題了，我到哪裡去？很值得考慮。最好呢，我的目的，天下太平，回到家鄉，弄個什麼土地堂啊，鄉下教幾個孩子，這樣過一輩子，是最舒服的，但是我曉得時代不可能。雖然真正的目的只想一輩子，就是鄭板橋的詩，「蓬門陋巷，教幾個小小蒙童」，就是這樣過一生是最好的，可是到現在也達不到目的。

轉身冰雪清涼界　萬水千山自在飛
淺渡危磯斜照遠　落花明月任高樓

所以這個時候詩的題目用〈歸雁〉，「淺渡危磯斜照遠」，我認為國家會大亂，所以用「危機」兩個字，就代表了那個「機」字，「浅渡危磯」，寫一個飛雁代表自己要到昆明了，「落花明月任高樓」，自己準備決不參與（這個世局）。

這時已經是民國三十四年日本人投降之後了，所以我是在四川十年，我到民國三十六年才動身回上海，這個裡頭還有些故事。當時西藏有一個喇嘛，貢噶師父的弟子，跟我們是師兄弟，也是我們的朋友。我們叫他包包喇嘛，他額頭這裡有個肉瘤子，是磕響頭啊拜佛拜的，拜出來一個肉坨坨。這個喇嘛有神通的，我說我要回家，要走了，他中國漢話講不了幾句。

他說：「你不要走啦，到我們西藏去。你的家是那個海邊。」

我說：「對啊，上海。」他別的不懂，說上海他知道。

我說：「我問你，你看過這個國家的前途？」

他說：「哇，所以我叫你不要走，滿地流血，插遍了紅旗，而且幾年以後啊，師父，我，你，幾個人還見面不見面不知道啊。」

我說：「日本人已投降了。」

他說：「不行，滿地流血，插遍了紅旗，我不知道怎麼一回事。」

我說：「你不要亂扯啦，我要回家，你看我父親還在不在？十年了，被日本人隔離，沒有通信。」

他說：「你的父親在哦，鬍子那麼長。」

我說：「你騙人的，你那個鬼神通，我父親沒有留鬍子。」誰知道回到家裡他真留了鬍子。這個中間還有很多奇異的故事。

傅真吾是什麼地方人呢？四川潼南人，所以楊尚昆說：「我跟南老有關係，南老到過我家鄉。」因為我到過傅真吾家。

我曾住在五通橋那裡，那個廟子——多寶寺，現在也沒有了。後來李鵬也說與我有關係，他在五通橋讀小學的。所以五通橋人現在寫信給我要修多寶寺，我說你找李鵬，他在那裡讀書的，他與四川五通橋有因緣的。

去國九秋外　錢塘潮汛懸
荒村逢伏臘　倚枕聽歸船
戍鼓驚殘夢　星河仍舊年
人間後歲晚　明日是春先

這首〈乙酉歲晚於五通橋張懷恕宅〉不講了。這是民國三十四、五年，所以離家還不到十年，不過，準備動身回來了。

第二首也是五通橋時作的。

幾回行過茫溪岸　無數星河影落川
不是一場春夢醒　煙波何處看歸船

「茫溪」是五通橋那一條溪，你注意啊。

下面一首，是到大竹，明朝最後一代的禪宗祖師——破山祖師的廟子那裡，所以我有詩**〈丙戌重陽後七日，於川東大竹縣文昌閣，桂香殿禪七圓滿，留別諸子〉**：

作佛稱王兒戲也　尋僧攜杖破山頭
幾回行過婆娑界　桂殿秋高且一留

「作佛稱王兒戲也」，成佛也是遊戲，當皇帝也是遊戲，兩樣都沒有什麼了不起。「尋僧攜杖破山頭，幾回行過婆娑界」，自己吹牛，這個世界來過好幾次了。「桂殿秋高且一留」，桂殿是破山祖師那個廟子的大殿，自己也曾一留。

伍心言的故事

下面都是離開四川的事，這兩首詞馬馬虎虎，詞不太好，翻過頁來兩首詞，決心要到雲南所作的，這裡有一個題目，我們要查一下，這個題目……

王：老師你這個詩裡面，「留別蜀中耆宿伍心言」，他的孫子現在在人民日報當記者，著名青年作家，是我們很要好的朋友，曾經聽他提起過，伍心言是他祖父。

好，這個人是四川的大才子，劉湘的秘書長。

王：他還救過劉伯承的命。祖籍金陵。

而且很漂亮，留個鬍子，年紀比我大多了，文章好。後來我要他講三生給我聽，他說我講你信嗎？我說信啊。他說：「最初的一輩子是歐陽修，我是歐陽修再生的。」所以他的文章、字，都同歐陽修非常相像。又說「第二輩子慘了，是一條小狗，可是我變狗的時候，知道自己這個業報變小狗了，氣得啊，拚命撞，硬把自己撞死了，撞死以後就什麼都不知道了，等到我清醒過來就是現在的伍心言。」所以他記得三輩子的事。

哦？你認識他的孫子啊？（王：是。）所以我要離開四川時，他特別到重慶來送我，他是主張我不要離開四川的。伍心言家裡地也很多，這個緣很奇怪，天下何其之小耶，你還認識他孫子，他孫子還在北京嗎？

王：對啊！他中山大學畢業以後，在人民日報當記者。

他（伍心言）跟我算是師兄弟，年齡相差很多，他大概比我大了二三十歲，文章非常好，斯文，人也清秀，很漂亮。他就告訴我，他說你不要走，他也學佛，學得很好的。他說你那個同鄉啊統一不了中國的（指蔣老頭子）。我說他能不能統一中國同我什麼相干？他說你回去不安全啊，就住我們四川才好。我說你怎麼曉得？他說：「你看嘛，你看他的相，到六十了，沒有法令紋。他那個法令紋都起不來的，能夠統一中國嗎？」所以他說：「你不要走。」這是伍心言說的。

所以與他有關的，有很多零零碎碎的故事。中間很多，現在只跟你講了百分之二。

這一首詩，〈同蘇局長子鵠遊龍潭〉，侯博士爸爸才知道，蘇子鵠跟戴雨農是拜把的，西南整個特務在他手裡，黃埔四期的，這個人後來管行動，殺人叫作行動，兩夫妻都管行動的。他跟我最好，後來學佛、打坐，參禪悟道以後，他一概不殺生了，上級下命令叫他殺人決不幹了，可是兩眼睛都是紅的啊。他問我說：「你敢抽煙嗎？」那個時候都是美國來的打火機。我說：「那麼貴，都是外國過來，打火機也沒有。」「我們給你，源源供給，你試一根看看。」我就這樣開玩笑上癮的。後來人家問他怎麼會學佛，問他什麼是佛法？他說佛法就是這個

（師手點打火機），「這什麼意思啊？這是什麼意思啊？」「用之則有，不用便空」，這是蘇子鵠講的話。

那麼這個裡頭，要查一下。

緣何匹馬投南國　有约來遊蘇氏菴
寂寞楊林蘭茂宅　依稀滇海漢征鎩
河山如畫供吟詠　風月無端任意參
前路低徊開倦眼　澄潭吾欲起龍酣

「緣何匹馬投南國，有约來遊蘇氏菴」，這是到他家裡，「寂寞楊林蘭茂宅，依稀滇海漢征鎩」，「楊林」，雲南有個高士，隱士，叫蘭茂，在昆明郊外。「河山如畫供吟詠」，這個都不管，我只告訴你兩個地方的典故，這一段都在昆明。

勝利後的家國事

下面是〈海屋集〉了，所謂「海屋」是回家鄉，抗戰勝利以後，所以題目都有了。這是回家啊，上面年份也有。〈自上海乘輪船至溫州〉這一首，只有一個地方有典故。

那得閒情強說愁　鯉庭空說十年遊
歸來且作毘耶默　坐看滄洲月上鉤

「鯉庭空說十年遊」，「鯉庭」是孔子典故，「歸來且作毘耶默」，毗耶是維摩居士，就是他跟文殊菩薩的對話，維摩居士緘口於毗耶離。《維摩經》是在中印度毗耶離城講的，「歸來且作毘耶默」，什麼都不說。「坐看滄洲月上鉤」。

下面四句，因為當時我父親問我，你看整個的局勢怎麼樣？我說共產黨會統一天下，我父親就一把把我抓住，問：「你是不是共產黨？」我說我決不是。「那你怎麼說共產黨統一天下？」我說大勢所趨。不幸又是對了，那個時候還只有三十歲，所以我這裡是：

維摩有習天花亂　業海浮沉三十年
西去東來緣底事　紅爐點雪幾圈圈

「西去東來緣底事，紅爐點雪幾圈圈」，結果啊，這些都變成詩讖。「西去東來」，四川，台灣，然後美國，又跑回來，不曉得為什麼，用禪宗的典故，如紅爐上一點雪，了無痕跡的。

這個過了，再翻三頁，都是在家鄉的感慨。這個時候，大陸當年國民黨老頭子準備立憲，想作總統了，國共兩黨仍在和談，全國都在競選國大代表、立法委員。當年所謂國大代表，在有些人的眼光裡，是看不起的，當時我們這幾個朋友當省長的，「喂，你弄一個玩玩好不好？」我說：「什麼東西啊？國大代表啊！太看不起人了吧！」誰知道後來國民黨選出來的立法委員到台灣，白吃了幾十年飯。我說我當年真笨啊，那個時候只有三十歲，我正在家裡，後來在台灣作司法行政部長的林彬和倪文亞來了。侯博士、陳博士，你們都知道。林彬加上陳誠、我、朱鏡宙，我們四個人前後同學，我最年輕。還有一個，後來作立法院院長的倪文亞，是我那個同學朱鏡宙的部下，美國留學回來作秘書的，他競選立法委員，林彬也要選。

那個時候什麼叫競選啊？講定了，到處拜訪地方上有名的人，「幫個忙啊！」實際上，選票大家早弄好了，都是那麼倒進去的。所以我在台灣時，有一個劉建華，也是國大代表，我說你是代表，他說：「我代表了誰啊？格老子代表了自己，誰選我的？還是我自己選自己的。」這些都是真話。

所以這個階段，我正在家裡，有一天我正在睡覺，我父親就叫我，他說倪文亞馬上要來，林彬也要來，曉得你在家，見一面好不好？我說我不見，這些人……「為什麼？你們在外面有意見啊？」我說沒有意見啊！「人家遠地來，為了競選，你總要見一下。」我說不見。「為什麼？」我說：「那個林彬啊，不懂政治，作什麼國大代表，倪文亞這些都不懂。」「你真是的，年紀輕輕的，老是那麼傲慢。」我說：「不是傲慢啊。」「那為什麼你罵他們兩個人不懂政治啊？」我說：「人情世故都不通的人，怎麼會懂政治呢？」所以我硬不肯見他們，我父親很可憐，跟他們應酬半天，把他們兩個送走。

我一個人就在溫州坐個船就回家了，所以這一首詩**〈甌江舟中適逢選舉事有感〉**，當時為這個情形寫的。

人間何事未忘情　到處兒曹鬥狗聲
彼岸渡江人一個　夢回已過數峰青

「人間何事未忘情」，自己覺得修行跳開紅塵以外，到底對於國家世界事情還是沒有忘掉，還到處罵這些人，選國大代表、立法委員。

「到處兒曹鬥狗聲」，就像小孩子鬥狗玩。這個鬥狗啊，你們不知道，你們不是鄉下人，我在鄉下出身，小時候沒得玩的，不像現在的孩子們玩具那麼多，我們有一種草長起來同麥子一樣，很多毛，澎湖也有，那會刺傷人的，我們拿來放在篩米的篩子上面，跳起來叫作鬥狗。所以我當時看他們競選立法委員、國大代表這些事，像小孩子們鬥狗，鬥那個茅草狗玩的。然後自己又來了，很傲慢，「彼岸渡江人一個」，雙關語，的確我在船上寫這首詩，換句話就是已經跳出紅塵了，「夢回已過數峰青」，船上睡醒了，一切已經過去。

天下之大 何去何從

可是自己心情還有很難過的時候，覺得國家政權要亂了，保不住了。所以這首詩〈畫蓮〉，下面是寫自己的心境了，就是這個時候。

蓮葉田田花好時　蓮心苦處有誰知
可憐一顆西方種　陷向汙泥無主持

我一看不對了，快到一九四八年了，我父親問我怎麼樣？我說共產黨快統一天下了，是大勢所趨啊。他說那你自己想辦法，我說：「我非走不可，最好你們跟我一起走。」

我想到哪裡呢？出國嘛，一輩子對西方看不起，決不靠洋人庇護。

中國嘛到哪裡？我選定了三個點，香港、新加坡、台灣。溫州到台灣最近，所以我就坐了一個小船到台灣。那個時候坐的是機帆船，有布帆的，咚，咚，咚，慢慢動，十多個鐘頭，如果快船的話，六個鐘頭可以到台灣，我坐了一天一夜才到。所以到台灣，我是先觀察，在旅館住了三個月，一句話都不懂，所有帶的書、佛像又帶回南京了。第二年，從大陸撤退以前，決心到台灣，因為先去觀察過了。

〈初遊台灣雜詠〉，這一段是初到台灣旅館觀察：

躲盡危機息盡狂　一葦東渡近扶桑
波濤洶湧三千界　何處龍星現遠方

「躲盡危機息盡狂，一葦東渡近扶桑」，日本人剛剛投降，台灣收復只有兩三年。「波濤洶湧三千界，何處龍星現遠方」，我倒希望中國有一個真正能統一的人出來，在哪裡？不知道，這些都是描寫台灣。

珠履櫻花海國春　千秋成敗等浮塵
何期蜀道歸來客　猶是天南萬感身

「珠履櫻花海國春，千秋成敗等浮塵」，由對鄭成功的感想，到日本人的統治五六十年。「何期蜀道歸來客」，這是講自己啦，「猶是天南萬感身」，這個味道你知道了哦。

十載身同萍梗輕　東西南北任縱橫
少年壯志消磨盡　贏得心如水鏡清

「十載身同萍梗輕，東西南北任縱橫」，抗戰在後方，在四川過了十年，到了台灣這個階段，已經曉得不行了，「少年壯志消磨盡，贏得心如水鏡清」。

聞道延平破浪來　八千子弟亦雄哉

滄桑歷盡漁翁老　如此河山更可哀

「聞道延平破浪來」，當年鄭成功來了，「八千子弟亦雄哉，滄桑歷盡漁翁老，如此河山更可哀」，此時對國家完全抱一個悲觀的態度。

任人疑忌任誹譁　沉醉蓬萊賣酒家

浪擲千金還一笑　憑欄無語問天涯

這個時候在台灣，當時酒家啊，都是一批瘋狂的情況，「憑欄無語問天涯」，不曉得怎麼辦。

基隆下雨台中晴　又是車廂一日程
遠客孤懷言不得　中原涕淚有蒼生

聽到大陸解放軍已經快要過長江了，還沒有過江，我正在台灣觀察，馬上要轉南京的，所以「基隆下雨台中晴，又是車廂一日程」，那個時候台灣，由台北坐火車到台中要一天。「遠客孤懷言不得，中原涕淚有蒼生」，斷定後面共產黨會有些事，心懷故土。

這個階段又回到南京，聽說白崇禧在南京到處找我，白崇禧守長江，要我上來幫個忙，我就拚命躲，躲到哪裡去？躲到江西廬山去住茅蓬。後面是住茅蓬的階段，不過住茅蓬也注定不會長住的。〈廬山天池寺〉：

文殊塔頂月輪彎　獨立天池第一山
祇是片雲留不住　又為霖雨到人間

「獨立天池第一山」，天池是一個廟子，「祇是片雲留不住，又為霖雨到人間」，這是描寫自己的心境。

巨贊法師與我

由廬山下來，重新到江西勦匪總部，到百花洲，再回到杭州，住在靈峰。靈峰是一個廟子，後來在共產黨那裡作佛教會副會長的巨贊法師，他在靈峰辦一個佛學院，我到那裡住。巨贊跟我是好朋友，有一天，他告訴我，他說大概明後天，他就被軍統局抓去關起來了。

我說：「什麼事啊？」

他說：「你來我就要請你救命。戴雨農已經在山上撞死了，現在是鄭介民當家的事。我跟你講真話，共產黨一定會過江，一定會統一中國，我給虛雲老和尚，給陳銘樞，你曉得這個人嗎？我給陳銘樞都商量過的，將來共產黨統一以後，為了保持佛教，必須要一個和尚來參與。」

我說：「你是想作共產黨，還是真想為保持佛教呢？」
他說：「哎呀！我從小出家到現在，我跟你講老實話，求你啊！」
我說：「什麼事？」
他說：「我曉得兩三天以內，杭州站，軍統局你知道，每個地方有個站，一定抓我。」
我說：「這個站我沒有一個熟人啊，我都不認識。好吧！你真的這樣為佛教，我為你走一趟南京。」
因為我身上有部長級的Pass，紅的，現在等於大陸部長出來，還是紅Pass。所以現在（一九九五年）我叫北京你們趕快送一個給我，免得我進去的時候要查，因為有那個東西不要查了。我就夜裡動身，哎呀，一上火車，整個都亂了，那個火車頂上睡的都是人，我又穿一個長袍，上了火車，站了三個鐘頭到上海，沒有位子坐，這樣特等Pass在身上，沒有位子坐，到上海趕快下了火車，又拚命擠，擠上去南京的火車啊，擠到火車的廁所裡頭，車上都是軍人。

我到廁所站著，看到有個軍人揹著行李的，有個箱子擺在廁所裡，實在站不住，屁股上想挨到這麼坐一下，那個軍人要揍我了，只好起來，對不起！對不起！講了半天。後來慢慢又談起來，路上站八個鐘頭到南京，為了救這個和尚朋友一命。

我說：「你也是軍校的啊！」

他說：「對啊！」那個眼睛歪起來看我，他看我穿個長袍。

我說：「我在軍校教過，當過教官耶，你第幾期的啊？」

他說：「十三期。」

「我正好教過，我沒有看到過你啊！」

他說：「哦，教官請坐，請坐。」

我說：「不坐了。我看你們怎麼辦呢？這樣……」

他說：「你不曉得啊？我們現在流行一句話，此處不留人，自有留人處。處處不留人，爺爺上八路。」

我說：「你們真的都去投降共產黨了嗎！」

他說：「可不是嗎！教官，這裡都是啊！爺爺上八路。」我想這仗還有什麼打的！

又說：「教官！我看你這樣悠哉遊哉，穿個長袍，你是不是同我們一樣啊？」

我說算不定，那再說了，到南京再講。

所以我一到南京就找到許建業，找鄭介民，鄭介民不在家，他們這幾個都是戴雨農的把兄弟，都是黃埔四五期。

他說：「你來幹嘛？你這個時候來，白崇禧在找你啊！」

我說：「你千萬不要講我到了南京，我不來這一套。」

他說：「人家把你當諸葛亮啊！」

我說：「白崇禧是國民黨的諸葛亮，怎麼還要找諸葛亮？」

他說：「他是老亮，你是嫩亮啊！」我們講笑話。又說：「你怎麼敢來南京？在這個時候那麼亂，我們都想走啊！」

我說：「你們到哪裡啊？」

他說：「準備打游擊了啊！」我們幾個人正在夫子廟喝茶，我就告訴他們這幾個黃埔同學。

我說：「我替我們校長，替蔣老頭子可憐，五代有兩句詩，『千里長江皆渡馬，十年養士得何人』，你們都是逃跑主義的啊？老頭子培養我們大家那麼多年，『得何人』？哪一個啊？」

這些人說：「算了，不要罵人，你也知道，我們想給他賣命，他不要我們啊，現在是一片亂啊，他自己也走了，老頭子已經到寧波了。」

他問我到南京來什麼事？

我說：「我啊，對不起，我有一個朋友當和尚，你們要抓他，要他的命。」我就講巨贊的事。

他說：「你弄清楚沒有？他投了共產黨，是真為了保護佛教嗎？」

我說：「我絕對相信他的話。管他媽的真的假的，為什麼一定要把這個和尚的頭拿下來呢？所以我親自到南京來。」

他說：「你來，好啦，我們打電話通知杭州不要抓他就是了。」

我說：「不行耶，我沒有令箭回去，你們杭州站不會答應的。」於是就逼他們寫了一個東西，我又乘火車站回杭州。所以巨贊這條命是我這樣把他保下來的。一到了杭州，我就交給他文件，我說你去報到，不要等人家抓你，你去報到，不會殺你，也不會關你。巨贊後來當了共產黨佛教協會的副會長。

王：是會長，他文革中被迫害而死。

巨贊告訴我，當年出家修白骨觀。他修得很好哦！我講經驗給你聽。他打起坐都是白骨，走在路上看一切人都是白骨，我問他後來怎麼沒再修？他說：「慢慢白骨觀修好，精神越來越健旺，還是不行了。」

他跟我講一句話，「縱然白骨也風流」。這是巨贊的故事，「縱然白骨也風流」，所以你看，這個慾念如何解決是一個大問題。

告別杭州

講到靈峰，這是杭州最好的風景區，靈峰觀梅，梅花最多，巨贊在那裡辦佛學院，我到杭州住在那裡，〈靈峰閒居〉：

乾坤搖蕩感春婆　石徑凝霜攜杖過
豈是留情峰上色　秋深黃葉已無多

這個時候我決心要走了，非到台灣不可，腳底抹油——開溜，決定離開，所以「乾坤搖蕩感春婆」，「春婆」——夢，「石徑凝霜攜杖過，豈是留情峰上色，秋深黃葉已無多」，就是說國民黨的壽命在大陸完了，我自己一定要離開了。

曲折盤根幾樹梅　虬鱗松下再徘徊
不知雲鶴高飛後　何日風塵歸去來

「曲折盤根幾樹梅」，都是梅花，「虬鱗松下再徘徊」，還是很不願意離開大陸，「不知雲鶴高飛後，何日風塵歸去來」，到現在還沒有回去。

接下來這首詩〈來鶴亭感懷〉，也是要離開杭州，準備到台灣了，「來鶴亭」就是靈峰旁邊一個亭。

湖山只合漾流霞　誰遣英雄作帝家
芻狗生靈添碧血　風雲浩劫播蟲沙
丹楓十月薰人醉　霜葉三秋感鬢華
一杵鐘聲忘萬象　空亭鶴去夕陽斜

「湖山只合漾流霞」，這麼大好的江山，只能夠看風景。「誰遣英雄作帝家」，後來我才看到民國的詩人易實甫，同樣有兩句相同之處，我可不是偷他的詩。他的兩句詩很好，比我的好，「江山只合生名士，莫遣英雄作帝王」，當時我還沒有看到易實甫有這兩句詩，我這一句同他的意思不謀而合，我是看到國內國共兩黨，以後死的人多了。「芻狗生靈添碧血」，芻狗不需要我解釋，用老子的典故，「天地不仁以萬物為芻狗」。「風雲浩劫播蟲沙」，所謂忠臣義士死了已化為蟲沙。項羽八千子弟後來都化蟲沙，這個典故在《清詩評註》裡頭，資料你都可以找到。

杭州的楓樹也不錯的，「丹楓十月薰人醉」，這是講共產黨，紅色的，所以詩人用隱語代表，為什麼？共產黨趕出來的難民，跑到杭州非常多。這些難民我碰到的，哎呀，都講共產黨的不對，可是江南，南方人說你不要聽那些逃難的，其實逃難的多是地主。你不要聽那些亂講，反正我們中國人換個朝代就是，共產黨快點來才好。那個時候是這樣的心情，所以我講「丹楓十月薰人醉」，老百姓是歡迎共產黨來，不知道後來的痛苦。這時我也到三十，三十一歲了，「霜葉三秋感鬢華」，白頭髮也有了，「一杵鐘聲忘萬象，空亭鶴去夕陽斜」，這個天下不要幹了。

後來的這四首，都是有關離開靈峰到台灣的，所以後面是**〈浮海去台灣前夕留別巨贊法師於靈峰〉**，這四首裡頭我想都沒有問題，沒有問題吧？（王：啊！）後來就到海東。我跟王學信講話，他永遠是答覆我一聲「啊」，好像都沒有問題似的。

王：老師詩寫得真好，很有韻味，又有詩教的敦厚，悲天憫人啊！

李淑君：還有仙家之瀟洒。

不要瞎扯。我想趕快把重點講完，怕來不及，因為他要寫我的傳記。

到基隆 遇禪者 接逃客

現在是到台灣了，這個〈基隆旅懷〉年份，是民國三十八年，就是一九四九年啦。這個時候來到台灣，很難過，這時大陸完全變色了。

三年塵土染衫青　何似空山破衲僧
撿點行藏無一是　辜恩愧煞佛前燈

「三年塵土染衫青」，這就是講大陸一九四九年的兩三年當中，就是這個三年。

接下來第三首所講的是指一班同學們，不管世間法的同學，或學佛的同學。

自是癡憨別有真　柔腸俠骨累閒身
翻殘貝葉思無著　收拾殘燈騰一人

大陸過來的時候，到了基隆，我認為佛法真的禪沒有了，沒有人，自己這樣自負，也是事實，「收拾殘燈騰一人」，所以禪宗有個《五燈會元》，就是佛的心燈啦。

當時在基隆，就是在台灣最北部的地方住著，一天到晚是淒風苦雨，環境很不好。有一個台灣的本省人（詹阿仁），來問什麼叫佛法，學佛，學禪，所以寫這個詩〈示禪者〉：

不求解脱出红塵　聲色場中自在身
光透頭顱终是幻　雲騰足下未為真
桃花春樹年年绿　流水高山處處新

試指神通玄妙境　穿衣吃飯一忙人

「試指神通玄妙境」，什麼是神通境界，「穿衣吃飯一忙人」，這是真神通。

〈宿七堵法嚴寺〉，七堵是個地名，基隆鄉村的一個小地方，有個法嚴寺。這個時候感嘆非常多，台灣之亂，是文化沙漠，一本《紅樓夢》也買不到，街上都是日本的那些小說，日本剛撤退沒有幾年，中國文化沒有。我們這幾個人第一件事，是發動印佛經，對台灣文化的一切的帶動，是從我們這裡開始，這個中間經過很多啊，不多講了，這個時候是感慨：

浮生百感鬢添華　半日偷閒似出家
丈室雲烟參禪悦　漫天風雨舞龍蛇

寂寥古道空人跡　隱約雷聲走電車
依舊低眉開倦眼　江山如畫畫如麻

當時大陸這些文官武將都來了，差不多都到基隆，大部份朋友都經過我那裡。那個時候我還是剛剛來，生意還沒有失敗，還有錢，整天賓客盈門，像這個圓桌，每一餐吃飯有七八桌，由早晨到晚上，我請的佣人跟家裡的太太始終沒有坐下吃過一餐飯，照應客人，來不及啊，忙到這個樣子。當時敗兵之將，亡國大夫，散兵游勇都來了，只要來找我，都是趕快拿錢去理髮、洗澡啊。講好聽都是文官武將，講不好聽都是海上的土匪，被共產黨趕出來，在海上只能作土匪。所以我這裡用「丈室雲烟參禪悅，漫天風雨舞龍蛇」來形容。

「寂寥古道空人跡」，我們走的這條是古路，一條古道，沒有人來問禪問中國文化，「隱約雷聲走電車，依舊低眉開倦眼」，低眉開眼是佛菩薩的像，「江山如畫畫如麻」，感慨都很多。

〈**讀客示嘉陵山水圖**〉，在這個時候，有人拿四川的嘉陵山水地理圖來看，都非常懷念四川。

峨嵋山頂一輪明　照到人間未了情
回首嘉陵江畔路　心隨帆度蜀山青

慈航 星雲 特務

這裡一首〈贈唯識學者〉，是指什麼人？台灣當時有一個外省的和尚叫慈航，福建人。慈航到了台灣，先在中壢辦了一個佛學院。這個階段，國民黨共產黨一樣，還在清黨哦！像現在台灣人埋怨外省人，其實那個時候外省被殺的不少，懷疑這個也是共產黨，那個也是共產黨，抓去就沒有了。當時連慈航辦的佛學院，帶領十幾個徒弟學僧，大家也都被抓去關起來，當時星雲法師也是學員，認為是共產黨特務。

當時有個太虛法師的弟子叫李子寬，佛教會的，很有名氣，是蔣先生原來的軍需處長，管財務的。那一天他忽忽忙忙台北跑來找我蓋章保人，保慈航這邊的人。所以我看到星雲還對他說，你小和尚時我保過你出牢的。他也不曉得我曾蓋章保過他的，還有那個印順法師，有人跑來要我蓋章保他。其實我自己圖章被人拿去蓋，保過什麼人，我自己都不知道，算不定有人誣告我是共產黨，一樣的會被抓去處死的。

慈航後來到了汐止，我說他非死在這裡不可，一個船到了潮水停止的地方，那當然死，最後慈航就死在「汐止」了。所以台灣有個地方叫「南投」，我說我不去，我到那裡一定死在那裡，等於龐統死在落鳳坡。

無著何言付世親　眼光隨指自昇沉
繩蛇更說杯弓幻　四壁空山一院塵

所以這一首《贈唯識學者》，慈航法師講唯識學，「無著何言付世親」，世親菩薩也叫天親菩薩，無著、天親兩個是親兄弟，都出家了，彌勒菩薩說法，記錄下來的是無著菩薩，著了《瑜伽師地論》，唯識的重要經典。所以「無著何言付世親，眼光隨指自昇沉」，恐怕你搞錯了意思。「繩蛇更説杯弓幻」，這個是剛才講的假帶質境，看了繩子把它幻想當蛇怕蛇，杯弓蛇影啦，就是這樣。「四壁空山一院塵」，意思說真的唯識學沒有幾個人徹底懂得的。

李淑君：老師這首詩是送給慈航法師的嗎？

沒有說送。詩裡頭提到，有個靈源法師，他是虛雲老和尚的徒孫，當時他在香港，也想到台灣來。他原來想跟我學的，結果我想盡辦法把他接過來。那個時候接一個人非常困難，從香港一接過來啊，他老兄住在我家裡，然後要修廟子，我飯都沒得吃還給你修廟子！最後還是被他搞起來，現在台灣很有名的基隆大覺寺，有一個惟覺法師，很出名，就是靈源的徒弟。

海峽兩岸

在台灣靠外面有個島，靠浙江，大陳、一江山，這個時候都沒有丟。這時蔣老頭子，國民黨的中央，要把胡宗南發表到大陳、一江山作游擊總司令。我們就笑胡宗南，五十萬大軍在大陸一槍沒有發，結果被共產黨吃掉，還好意思當游擊司令。這時有人來找我，因為我的家鄉是台灣的對面溫州，差不多這些打游擊下來的，敗兵散將一大堆，他們研究說如果我肯出來作游擊司令，這一批人都會聽我的。原因是他們的確對我特別有感情。

我在台灣，從溫州來的共產黨東西，是匪貨啊，大家如有一點大陸貨在手上，被抓到都要殺頭，而我家裡天天都有匪貨，吃的東西也沒有斷過。為什麼？大陸共產黨那一邊，有我們同鄉出海，到海峽中間打漁，台灣這一邊官啊，兵啊，沒有生活也去打漁，就變成漁夫了，兩邊看到都認識的，有些什麼丟一些過來，某人在台灣要吃。他們就丟過來，帶來給我吃。我一聽就說，你們下一次出海帶點什麼，也拋過去給他們吧。

所以當時有人想起，就是下面這首所謂〈與客談兵書感〉，談軍事，我當然不答應。

東風吹起陣雲高　橫海揮戈撼怒潮
禹鼎背時据狐鼠　神州觸目沒蓬蒿
一天霖雨斂塵土　萬里春風解戰袍
撒手功成歸去也　白雲青嶂種蟠桃

這一首是罵共產黨的，罵毛澤東的，「禹鼎」，大陸倒了楣了，被狐狸老鼠佔據了。就是這一段，有這麼一個事，所以後來有這首詩。

活佛貢噶師父

下面這一首，他們告訴我，我那個白教的，西藏活佛貢噶師父，在大陸被迫涅槃（圓寂）了。台灣一班學佛的人給他舉行法會，我送了這兩首詩，我人沒有去。

曾記雪山拜座前　破顏授我秘玄篇
三玄椎擊無言說　五乘提撕有別傳
衣鉢蓉城留夢影　花鈿滇海染塵緣
臨行俯耳叮嚀語　負荷艱難子自憐

王學信：貢噶活佛，肉身舍利現在在雍和宮。

我聽說涅槃的時候，他玉筋雙垂嘛，鼻子裡兩條白的玉一樣出來，有筷子那樣長。

王學信：有一尺多長。

他縮了嗎？是貢噶師父的肉身嗎？

王學信：是的。

那很有成就啊，我那個貢噶師父（活佛），他個子比我高一人半，所以我跟他一起走，他手放在我頭上，我變成他的手棍了。身體這樣寬，這樣高，就是走路一跛一跛。他跟我密法機緣最相投的，聽說他玉筋雙垂，他肉身舍利還在嗎？

王學信：還在。

西藏活佛真修持有成就的，大的人要縮小，變成生出來的嬰兒那麼大。

王學信：能嬰兒乎！在雍和宮供著的。

對啊。他的確做到這樣，那很了不起。在雍和宮供著的嗎？一般學密宗的去了回來，都沒有跟我講，縮的那麼小嗎？

曹越：他本來是發願要走的，所以帶一個徒弟回去。後來他那個大弟子跟他回到老家，聽他說要走了，徒弟說那怎麼行啊，全國眾多弟子，你走了我怎麼交代？他說：「那給弟子們一個星期時間吧，如果回不來我就走了。」徒弟們就拚命跑，等回去的時候還差兩百米，看到師父要走了，來不及，趕緊跪下來說，師父你留下肉身給我們做個證明吧。本來是要化光走的，後來有遺願留個肉身，就眼看著他走了。

這個很了不起，現在肉身舍利在雍和宮。

王學信：在雍和宮供著，都在隱密的密壇。不宣傳。

一般大陸來的都沒有告訴我這個。你們兩個怎麼知道？你看到了嗎？

王學信：我沒有看到。

曹越：我也沒看到，只看到他的照片啊。說他縮小？是真的嗎？我只曉得，他是玉筯雙垂啊，兩根白的。真實消息，恐怕不是哦！他圓寂了，可是玉筯雙垂，鼻子裡出來兩個就像筷子一樣，玉的鼻涕，是凍起來的，也是舍利的一種。所以我這首詩是跟他的因緣，有很多典故。

他當時給我授戒，我說：

「師父啊，今天這個世界上有成就的人不多，算不定我將來真的出家，你給我授戒好不好？」我對他比較隨便，他跟我有些祕密隨便討論。

他說：「好啊！可以。」

我說：「這樣哦，連比丘戒都要給我授喔，可是我現在不當和尚，你先給授了放在那裡，連密宗阿闍黎戒都傳。」

他說：「都可以。」

本來出家三壇大戒要九年授完，中國後來變成三個月，至於現在更不成話了，只要幾天。後來我說一個鐘頭給我授，他說可以。我說真的啊，就跑去受戒，他還寫了一個戒牒給我（編按：戒牒副本附於《大圓滿禪定休息簡說》書後）。

所以我在詩中講到這個《椎擊三要》《恆河大手印》，統統是他教我的，他把祕密統統告訴了我。

「衣鉢蓉城留夢影」，我在哪裡受戒呢？他跟我在哪裡辦這個傳戒的事呢？在成都——蓉城，那個大慈寺，就是玄奘法師受戒的廟子。

「花鈿滇海染塵緣」，後來他到昆明去了，搞得不平順。據說有個女大學生跟他學密法，他教她雙身法，別人看到當然不入眼啦！他老人家也不高興，就走了，所以我曉得這個故事是在「滇海」，在雲南「染塵緣」。

我走的時候他告訴我，他說你將來可比我苦多了，所以「臨行俯耳叮嚀語」，有這一句話。「負荷艱難子自憐」，你自己照顧自己，「負荷」就是《金剛經》上負擔如來大法，你肩膀上挑得很重，你將來「負荷艱難子自憐」。

苦海茫茫祝再來　百城樓閣待師開
雙垂玉筋傳蹤跡　一瓣心香拜劫灰
佛國山河終不改　魔宮伎倆已將摧
三生重話因緣日　頭白飛騎到講臺

「苦海茫茫祝再來」，所以我希望你再來。「百城樓閣待師開」，用《華嚴經》善財童子與文殊菩薩，百城烟水這個典故。「雙垂玉筋傳蹤跡」，聽說他玉筯雙垂。道家死的時候，舍利子不燒化，自己兩條玉一樣就下來，這是真舍利。「一瓣心香拜劫灰，佛國山河終不改，魔宮伎倆已將摧」，中國還是佛國國土，我想不會有問題。魔王的本事也就到此了，「三生重話因緣日」，希望你再來時我還在，「頭白飛騎到講臺」，你再來的時候是個小孩，我已經是老頭了。

曹越：據說轉世了，在印度，十歲了。

這些再作研究，我沒有作結論啊。這些你大概都可了解。

道家的雙修　陳健民的雙修

這一頁一九六〇年開始，〈閒居雜詠〉，我在台北漸漸的開始講佛法，這個時候李淑君還不認識，是朱文光那個階段，這些都不用題目了，心裡的感慨很多。但是我認為絕句的詩裡頭，比較痛快的，還是統統在〈閒居雜詠〉，不曉得你看到沒有，這個心情只有細心體會了，這是文字般若啊。

芥子須彌風馬牛　蒼茫天地一浮漚
鷓鴣啼破空山靜　曉月垂楊古渡頭
泠泠天風吹袂單　惺忪手把斗牛寒

五千年事三千界　盡作南華一夢看

這些絕句，自己認為還可以，我想這個裡頭沒有什麼典故，都同佛法有關係，同現實沒有關係了。

後面，正是開始台灣弘法講經的時候，台灣道家講男女雙修的很多，這個用劉晨、阮肇的典故，你曉得的。〈戲贈道家妄信雙修丹法者〉：

天台有路通劉阮　江上無舟渡裴航
玉杵聲中花滴露　神仙羨煞野鴛鴦

「天台有路通劉阮，江上無舟渡裴航」，裴航也是道家的神仙，藍田種玉這個典故裡頭。「玉杵聲中花滴露，神仙羨煞野鴛鴦」，這就是批駁他們亂搞。

下面跟著批駁修密宗的陳健民，很有名的，修紅教，講男女雙修，他提倡得很厲害，也是貢噶師父的弟子。他當時在印度閉關，著的書有《禪海塔燈》，不像我那個叫《禪海蠡測》，他後來還有密宗的著作，專提倡雙修。這三首詩是批駁他的，不好意思，大家都是熟人，老朋友，也是老同參，可是他向密宗裡走偏路了。這三首啊，題目是**〈有自印度寄密禪雙修新著，閱後即題〉**，也不講人名，實際上指的就是陳健民。

落寞與自況

題為〈遣興〉那個時候，心情很不舒暢，因為這個時代，這個心境你就了解了。

家國千秋業　河山萬里心
斜陽思古道　寥落撫鳴琴
世界微塵裡　孤燈有所思
深宵空寂寂　獨聽雨絲絲

吞吐清靈氣　心閒玉笈文
九還丹未熟　空負去來雲
去國九秋外　支離二十年
風塵雙鬢改　心月一輪圓

「吞吐清靈氣，心閒玉笈文」，就是道家的書。「去國九秋外，支離二十年」，從民國三十九年（一九五〇年）到這一年，十來年了，本來蔣老頭子宣傳「三年反攻」，我就笑他，「風塵雙鬢改，心月一輪圓」。

下面這個有所感慨了。〈庚子二月漫步台北南門古城樓〉：

寶馬香車不再逢　劇憐蝸角大王風

渾忘東漢中興主　卻是南陽田舍翁
名士新亭悲往事　英雄淮海泣途窮
何如別有千秋業　盡在簞瓢曲肱中

我在註解《楞嚴經》翻成白話這個階段，有一天出來，到台北有個南門，南門還是古代修的，城樓還在。那時蔣老頭子重新作中華民國的總統，天天講反攻，實際反攻不了，黃埔同學很多來找我談，我都避開了，所以我講「寶馬香車不再逢，劇憐蝸角大王風」，這都是罵他的，退到台灣，蝸牛角上還稱王。

「渾忘東漢中興主，卻是南陽田舍翁」，你想自己本身做到漢光武復興，做不到。「南陽田舍翁」是漢光武，你的氣度不及他。

「名士新亭悲往事，英雄淮海泣途窮」，我們那一班同鄉朋友們，邱清泉在淮海一戰被打死了（王：身中七槍）。「何如別有千秋業，盡在簞瓢曲肱中」。

〈算命〉，這是偶然，當時有所感慨的。

二十年來閱士曹　英雄事業學偷逃
人人憂患家家怨　亂世空談命一條

「二十年來閱士曹，英雄事業學偷逃」，大家統統逃到台灣來，「人人憂患家家怨，亂世空談命一條」，一般人都講算命。

後面以〈蒼松〉為題，這五首律詩，寫松樹的，包括後面有兩首也是寫松樹的。這七首，有點自況，自己描寫自己的味道。雖是寫松，也就是寫自己。

移根小謫到塵寰　遍入千山與萬山

勁節不隨寒暖變　孤標已絶利名關
榮枯漢寢唐陵色　血淚丹青彤管斑
獨許白雲留笑傲　洞門相對老僧閒

自小同埋藤蔓群　今時逐漸出淩雲
尋常天予栽培力　曲折人知斑駁紋
未入吳宮為殿柱　幸餘靈窟避輪斤
延年不羨黃精侶　根柢茯神已化文

關於「未入吳宮為殿柱」，這裡有一首宋朝人的詩，這首詩怎麼說呢？

四邊喬木盡兒孫　曾見吳宮幾度春

若使當時成大厦　也應隨例作灰塵

「眼前喬木盡兒孫」，目前這些起來的人都是後輩了，「曾見吳宮幾度春」，曾經看到吳宮。「若使當時成大厦」，如果我在大陸也參與他們一起搞，作了大官，作了什麼，糟糕了，「也應隨例作灰塵」，有這麼一首清人的詩。

所以我這裡用他這個詩意，入這個句子，「未入吳宮為殿柱，幸餘靈窟避輪斤」，這個靈窟是指台灣。「延年不羨黃精侶」，「黃精侶」是道家的，「根柢茯神已化文」。這五首等於統統是，後面還有兩首。

大嶼山　章士釗　自訟

我癸卯一九六三年來過香港，在大嶼山，〈香港大嶼山雜詠〉，為了一個和尚來的。這個時候毛澤東派章行嚴（章士釗）來找我。章士釗是毛澤東的老師。那天楊管北就告訴我，明天我們趕快走，回台灣。我說為什麼？他說章行嚴來了，老毛派他來的，專機來找你。後來楊管北一早回台灣，我中午走。本來還想多停留一個禮拜。下午章士釗到，我們已走了。他就頓足，「大家何必搞成這樣，好朋友不能見面嗎！」那個時候真不能見面啊，見了面我台灣也不能回去了。實際上毛澤東是派他來作說客的，就是在大嶼山這一年。

一九六四年〈戲言〉這一首，那個時候我在台灣，環境也不好，每天來問道的人很多，客人也多。

金粟軒中佛法空　油鹽柴火意朦朧
劇憐來往談天客　不是衰翁即病翁

「金粟軒中佛法空，油鹽柴火意朦朧」，我還要為生活忙，「劇憐來往談天客，不是衰翁即病翁」，來客不是這個身體不好，就是想學佛求長壽的，或是失意的政客，落魄的將軍，一天到晚接觸的都是這類人，我幾十年都是那麼可憐，所以我自稱老妓女，每天接客，送客。人家老百姓家裡，十塊錢買一包茶葉，可以吃一年，我那個夏天的茶葉，一個月吃掉了七八斤，又沒有錢。

好，這裡很重要，我提出來四首〈自訟〉，自己對自己的批判，人家叫我老師，我到現在不承認，四首詩裡頭都講了。第一首恥為儒家的老師：

微言大義有沉哀　王霸儒冠盡草萊
用舍行藏都不是　恥為師道受人推

講《論語別裁》，哎呀！被稱為儒家的大師。我才丟人呢。

第二首恥為道家的老師：

玄微不識有無功　致曲難全世異同
兵氣未銷丹未熟　恥為師道立鴻蒙

「玄微不識有無功，致曲難全世異同」，這是老子的話，「兵氣未銷丹未熟，恥為師道立鴻蒙」。

恥為禪宗的老師：

拈花微笑付何人　一會靈山跡已陳
拄杖橫挑深夜月　恥為師道頌同真

同真之頌，共有十個〈同真頌〉。總而言之，一輩子不能作人家的老師。

恥為人師：

四壁依空錐卓難　蔓蛀鵬鷃總無安
時流吾猶趨溫飽　萬壑風吹隨例看

「四壁依空錐卓難」，在台灣窮到那一步，四壁空空無立錐之地啊，「蔓蛀鵬鷃總無安」，用《莊子》的，龍也好，是個蚯蚓也好，大鵬鳥也好，這個世界大家都在落難，都在倒楣。「時流吾猶趨溫飽」，我為什麼還講課？為了肚子餓要吃飯，「萬壑風吹隨例看」，這些曹大師，南大師的，都是為了混生活在騙人啊，萬壑風吹，《莊子》講的蠻老實的，我才不當老師。「時流吾猶趨温飽」，為了吃飯嘛，冒充大學教授。

文人 詩人 黨人

下一首為〈答學人文章考據之爭〉：

唾餘殘朽亂拋揚　精氣遊魂早伏藏
可笑豕虛諸野犬　卻來啃骨鬥名場

做學問，我不大管考據的，「唾餘殘朽亂拋揚」，《莊子》說的，這些文章考據，都是拿古人的口水當營養的，千古文章一大偷，都是偷來的，抄來的；「精氣遊魂早伏藏」，然後把骨頭從墳墓挖出來，推測古人是什麼樣子。你又不是那個時候的人，怎麼知道啊？「可笑豕虛諸野犬」，跟野狗一樣，一個狗叫，大家跟著亂叫，「卻來啃骨鬥名場」，考據古人的骨頭拿來當學問。這是罵人啦。

後面有一首，〈**晚步東門**〉，當時台灣自己想搞一套很鬧熱的東西，政治上對照那個年份就知道了。所以這一本年份表你不曉得有沒有？

孤堞危城衰草繁　荒城殘日又黃昏
香車塵逐洋場路　脂粉顏酡海客魂
粟社空壇羈羸馬　霜天秋夢繫王孫
寒笳臘鼓春如舊　斗柄搖光默不言

「孤堞危城衰草繁，荒城殘日又黃昏」，台灣這個時候經濟慢慢起來了。「香車塵逐洋場路」，車子也豪華啦，「脂粉顏酡海客魂」，有了錢，社會跟大陸一樣，跑酒家玩女人都來了。「粟社空壇羈贏馬」，這一班人想為國家，想回大陸去，但都老了。「霜天秋夢繫王孫，寒笳臘鼓春如舊，斗柄搖光默不言」，這天意人事怎麼講？沒有辦法。

這一首是有感慨的，我交待以後，今天結束了，明天我們可以把一本弄完，然後你回去作文章吧。

李淑君：老師說的〈晚步東門〉那一年，是不是美國國務卿來華訪問，還有韓國總理也來華訪問。

對，對，對。

翻幾頁是這首〈鄭學稼先生六十壽辰〉，鄭學稼是共產黨要殺的人，說他是托羅斯基派的，國民黨本來也要殺他，一輩子可憐人，他是真正共產黨的學者，陳誠要殺他，蔣老頭子始終留這個人，不准殺，真懂共產黨就是他。還有一個叫什麼？台大的教授，兩個人真懂共產黨的，說他真懂，是懂馬克思思想。鄭學稼經常到我那裡，他後來寫了一本《我的學徒生活》，叫我題一首詩。

語默當機昔所難　維摩杜口意彌漫
雲馳月駛爭窺影　岸動舟移失釣竿
嘆鳳删書埋學肆　藏山遷史沒騷壇
憂時雙鬢皤然白　何處將心為汝安

一九六六年某日午夜，答書十餘通，有感於先師味淵先生及滄波居士詩句，而作了四首轆轤體的詩，我自己認為是最好的詩：

鬢絲禪榻日相依　花事闌珊好夢微
桃李閒窗春滿院　車塵鬧市靜關扉
江山青史相交錯　學術文章亂是非

殘局楸枰空指點　六韜三略總睽違

「鬢絲禪榻日相依，花事闌珊好夢微，桃李閒窗春滿院」，學生慢慢多了，「車塵鬧市靜關扉，江山青史相交錯，學術文章亂是非」，這個時代如此，「殘局楸枰空指點」，這個沒有辦法，「六韜三略總睽違」。這是用我老師那句「鬢絲禪榻日相依」開始。

碌碌因人與願違　鬢絲禪榻日相依
窮搜雲笈翻書架　偶學頭陀默掩扉
浮世塵勞心了了　生天成佛想非非
寄身浩劫情難忍　倒挽狂瀾覺力微

多情未必道情違　爭奈春回情境微

答問恐遲勞筆墨　送迎不忍掩柴扉
事求妥貼心常苦　人盡平安願總非
入世入山皆昨夢　鬢絲禪榻日相依

最後一首，「多情未必道情違，爭奈春回情境微，答問恐遲勞筆墨」，寫信來的人太多，回信很痛苦，還恐怕回信遲了，讓別人等，「送迎不忍掩柴扉」，老妓女，一天迎來送往，「事求妥貼心常苦，人盡平安願總非」，好詩，這四首好詩。每件事情「事求妥貼心常苦，人盡平安願總非」，「入世入山皆昨夢，鬢絲禪榻日相依」。

憶母

跟著，就是想母親啦！〈丙午母難日懷雙親〉：

空談懷想報慈恩　此恨茫茫欲斷魂
歷劫幾能全骨肉　對人不敢論亡存
寄情幻夢為真實　仰護平安託世尊
讀禮每慚言孝道　碧天無際淚無痕

「空談懷想報慈恩，此恨茫茫欲斷魂，歷劫幾能全骨肉」，大陸全家分散的多得很，「對人不敢論亡存」，不敢問，究竟是不是還活著？還在不在世？當時認為都完了。「寄情幻夢為真實，仰護平安託世尊」，只有求佛菩薩保佑，「讀禮每慚言孝道，碧天無際淚無痕」。

這首〈丙午母難日偶成〉：

故山隱隱入雲霄　春夢江南上下潮
依舊東風青草綠　愁多難遣是今朝

「母難日」就是我們自己的生日，佛經說生日是母親受難的日子，所以不准慶祝生日，母親受難的日子嘛，自己有什麼高興的呢？

還有這首〈觀曇花有感〉，我要選的話，這些詩都選得上。

接下來就是在三軍巡迴演講，〈應空軍邀赴各基地講學感賦〉：

行藏退舍卻為難　東閣兵書旁午看

將校慇懃敷几席　衣冠搖落愧湖山
虛名遯世花能信　無學匡時林正慚
碌碌風塵還自笑　天心人事欲何安

「行藏退舍卻為難，東閣兵書旁午看」，「旁午」兩個字不是說時間哦，是勞碌，很匆忙叫旁午。「將校慇懃敷几席」，因為我講演時，不站著講，要他們擺桌子，擺茶杯，坐著講，架子大，故意整他們的。這些都在三軍講學時作的。

四、變化莫測的歲月

赴日文化之旅的重話

一九六九年，日本邀請中國文化訪問團到日本去。所謂中日邦交進入另外一個階段，團長是何應欽。在這個階段李淑君已經來了，我本來每禮拜到北投奇巖精舍——楊管北家裡上課。在他家裡，那些抗日前後的將領，何應欽、顧祝同、蔣鼎文、錢大鈞這一批文武人員，都在那裡聽課。現在台灣一提王昇啊這些人，那時還談不上呢，還不敢跟來聽的。所以中日邦交訪問團，團長是何應欽，帶領有十幾個教授，何應欽說非要我去不可，我成了顧問團的顧問，其他都是學術界，政府官員，工商界，我等於私人名義。

那個時候的日本，在那智山修了一個徐福的廟，等於日本人暗中承認，徐福是一個最初開始的日本人。這一段有關在日本的情況。我還有一篇文章，這個資料將來印好給你。我當著日本的大學校長，教授們兩百人，訓了他們一頓，後來回來還把當場講的話，寫了一篇文章叫作〈致答日本朋友的一封公開信〉。現在看來還是很有價值的。那個時候不但罵了他們，而且告訴他們，日本當年想以武力征服世界，很狂妄，所以自己得到這個後果。現在我說你日本第二個狂妄又來了，想以經濟力量買通全世界，實際上你的經濟力量是中國人給你的，因為不要你賠償。這一篇文章很嚴重，我說以後如果你再有這種思想，後果比第二次大戰失敗還嚴重。所以當時講的時候，我們台灣的大使彭孟緝上將，站在我旁邊，他就拉我的衣服叫我不要講，我理都不理。後來他說，你不怕日本的武士刀嗎？會當場殺你啊！我說我才不在乎。可是日本那些學者們，有的還很感激，所以這些詩啊，文章都還存在。

其中有一個木下彪，研究日本戰後怎麼樣起來，看了木下彪的詩，才知道人家那個亡國的痛苦，美國人（當然我們中國也是一個啦）來接收日本的時候，那一段日本等於是完全亡國。所以木下彪這個詩啊，我稱它是日本的史詩，真正的歷史。他的詩也好，作的是中國詩，他是個教授，也是廣島人，丟原子彈的廣島。他本來是外交官，在中國東北，他的詩裡頭最嚴重的句子是「國亡家破無窮恨，我比遺山淚更多」。這本《日本戰後的史詩》如果在，我那一封公開信也在那本書裡面，你提醒我給你找來。這個階段是到日本。

家事　國事　天下事

下面是我送小兒子到美國留學，讀西點軍校，都是在這個階段。這是一九六九年了，這是在什麼情形之下有這首詩呢？

無端憂國又憂天　燈下攤書獨未眠
一局殘棋難落子　輸贏今古總茫然

因為台灣當局有事問我，沒有辦法跟他講，「一局殘棋難落子，輸贏今古總茫然」，就這個階段。

這時我就創辦了東西精華協會，當時大家都不了解，很反對，那個時候跟我最受苦的是李淑君，還要調動經濟這個階段，後面有關於創辦歷史的記載和詩。

這是到了最嚴重的一年開始，就是民國六十年（一九七一年），我的題目是〈**辛亥季秋感事**〉，就是在陰曆的七月，陽曆的八月，這個時候好像是退出聯合國？

李淑君：那個時候還沒退出。是民國六十二年……

已經開始在準備聯合國席位這個事了。台灣那個時候不得了，外省朋友拚命出國，飛機票訂不到啊，都想逃跑，認為台灣完了。那時蔣老頭子，我們高層裡透出消息跟我講的，決心準備不要聯合國席位。我說最好是拖住，忍辱負重，既然沒有這個氣派拖住，只好這樣，所以這裡有這個重要的事。〈**辛亥季秋感事**〉：

悲憤何如憂患情　那堪徒對豎儒爭
沉疴難覓三年艾　斷腕還須一覺醒

出海蛟龍終努目　入山猿鶴漫心驚
圜中自有天機在　事大翻知生死輕

「悲憤何如憂患情，那堪徒對豎儒爭」，這些知識份子各有各的意見，漢高祖罵書生，「豎儒」，沒有用的讀書人，書呆子，管他那些理論，「沉疴難覓三年艾」，中美的關係由來，幾十年的老毛病，所以孟子講的：「猶七年之病求三年之艾」。你曉得吧！《孟子》這個書你讀過吧！你當然讀過。「沉疴難覓三年艾」，要壯士斷腕啊，「斷腕還須一覺醒」。

李淑君：一九七一年，老師說的辛亥那一年，就是美國總統尼克森在世局的咨文裡頭，已經透露了他以前曾經跟毛人鳳談判，改善中美關係。台灣方面堅決反對。

對，對，就是這樣，我認為是避不了的，他們問我意見，我說大陸與美國一定建交，你們自己怎麼看。所以在這個時候「斷腕還須一覺醒」，壯士斷腕，可是自己頭腦要清楚，等於告訴蔣老頭子。「出海蛟龍終努目，入山猿鶴漫心驚」。我呢，我還打我的坐，我屁事都不管，「圜中自有天機在」，道家的人入關辦道叫「入圜辦道」，圜就是太極圖的圓圈，所以我自己個人「圜中自有天機在，事大翻知生死輕」，大家都跑到台灣，共產黨過來怎麼辦？沒怎麼樣，不在乎，事大如天，生死無所謂。這是這一段。

翻過來下面，辛亥年，也就是我創辦東西精華，哎呀，重開國大會議，所謂大陸過來這些國大代表，統統是要錢的，哪個人是民選的？哪個是為國家？都是狗屁。所以我就笑他們，這首詩不成其詩，是白話詩。**〈辛亥大會，多人來言時事，俚語書憤〉**：

華堂今日會重開　南極仙翁個個來

薪膽備藏商大計　肝腸待地配樓臺
六年坐等傾囊括　半世尸居裝滿材
海上何來駿馬骨　錢王養士只堪哀

「華堂今日會重開，南極仙翁個個來」，這些老頭子都過來了，「薪膽備藏商大計，肝腸待地配樓臺」，再選總統時會投你一票，每個都要房子，要錢。六年開一次國大會，就是大陸上的人大會那樣，「六年坐等傾囊括」，開會就要政府給他錢啊，「半世尸居裝滿材」，年輕選上國大代表，到台灣三十幾年了，都老了嘛，「尸居」，不過是個尸體在這裡，「裝滿材」，要那麼多錢幹什麼？裝進棺材去嗎？「海上何來駿馬骨」，燕昭王愛士，不是駿馬之骨嗎？「錢王養士只堪哀」，我把蔣老頭子比成那個錢鏐，「錢王養士只堪哀」，蔣老頭子在我的評價裡，不過是浙江五代時的錢王，是個鹽販出身的，一方之王而已。但錢鏐很了不起，比他（蔣）還高明。

王：黃金買……

對，對，昭王愛士，就是這一段。

這裡越來越有關係了，這個中間，當然台灣有些學術界、政治界，對我有些竊竊私議的。〈壬子初冬子夜〉：

淡淡輕愁過半生　滔滔濁世獨何清
謗書毀骨翻堪笑　貧困隨人多負情
正氣凋傷思一統　斯文零亂夢三更
眼前事物真無奈　繞室徘徊待漏明

「正氣凋傷思一統」，海峽兩面講統一，講了幾十年，現在「斯文零亂夢三更」，把這些學者知識份子看得沒太大價值，亂搞。「眼前事物真無奈」，可是自己對於眼前這些也是無可奈何，「繞室徘徊待漏明」。

這個都是在辦刊物時，搞東西精華協會時代的詩。

胡漢民與汪精衛

一九七三年，有一天，有人送我一部胡漢民的詩集，很難得，胡漢民、汪精衛、蔣老頭子，這三個人的關係，加上一個毛澤東，四個人，關係微妙得不得了。胡漢民是孫總理的得意學生，後來北伐完成了以後，蔣老頭犯一個錯誤，因一件事情把胡漢民關起來了，所以孫中山之後，是蔣一生的錯誤，這個他（侯博士）爸爸知道。這個時候有人送我《不匱室詩鈔》，胡漢民的詩，我整個把它讀完。汪精衛的詩集我在找，沒有找到。〈有贈《不匱室詩鈔》讀後〉：

從龍豈料墮泥塗　憔悴南冠蟻夢餘

一代風流人散盡　事功遺恨在詩書

功名千古賦狙　悔讀南華齊物初
一自六經刪定後　從來謀國誤詩書

「從龍豈料墮泥塗」，胡漢民是跟隨孫中山先生起來的，開始第一個職務是廣東省長，司令也是胡漢民，「憔悴南冠蟻夢餘」，結果北伐以後被蔣老頭子關起來。「南冠」是指關在湯山，「一代風流人散盡」，胡漢民、孫中山、汪精衛，一代風流人物，「事功遺恨在詩書」，你要了解胡漢民當時的情況，就看他的詩，他詩好字也好。

「功名千古賦群狙」，這是《莊子》的典故，朝三暮四，「狙」，就是猴子，養猴子嘛，早晨給你三個芋頭，晚上給四個芋頭，猴子吃慣了，很乖。後來這個養猴子的說，不對，早晨四個芋頭，晚上三個芋頭，猴子就吵鬧起來，這個老闆說，不要吵，不要吵，還是早上三個，晚上四個，就乖了。你看一切世界上的老百姓，這些知識份子都是猴子，「悔讀南華齊物初」，南華就是《莊子》，「一自六經刪定後，從來謀國誤詩書」，我說胡漢民是書讀多了，書讀多的人，永遠不能作領袖。

王：書生氣概……

對，就是這裡。胡漢民有一首詩寫給汪精衛的。〈讀不匱室寄精衛詩有感〉：

茫茫人事真難料　昨是今非未可知
燕市當年倘一快　兩朝刀筆盡清詞

汪精衛二十幾歲刺攝政王的時候，（假使）當時在北京被殺了，「兩朝刀筆盡清詞」，不管共產黨，國民黨，他永遠是第一個忠臣，可惜那個時候沒有被殺。汪精衛那首詩，二十幾歲在北京，坐在牢裡頭，慈禧太后（按：應為肅親王之誤）看了他那麼漂亮，就放了他，不是慈禧好色的話，汪的命就靠不住了。那個時候汪精衛是被關了起來，只有二十幾歲。

慷慨歌燕市　從容作楚囚
引刀成一快　不負少年頭

他這首詩轟動一個時代，也轟動歷史，這是汪精衛當年。所以我這裡引用這個，「燕市當年倘一快，兩朝刀筆盡清詞」，兩個朝代歷史上記載，汪精衛永遠是第一人。

下面一首詩〈感事〉，就是對自己生活的感慨。我幾十年到現在，都是如此。

何事塵勞奔走忙　養生送死過時光
可憐拜訪通誠客　多是嘮叨訴怨長
入世早知多俗累　絕情未必不荒唐
願將大士瓶中露　灑作人間救苦方

「可憐拜訪通誠客，多是嘮叨訴怨長」，來客都是來訴苦的，「入世早知多俗累，絕情未必不荒唐」，我本來可以絕情一點，不理人啊！「願將大士瓶中露，灑作人間救苦方」，想想還是學觀音菩薩的大慈大悲精神。

余井塘與我

有一個人很了不起，國民黨的余井塘，理學家，儒家。抗戰之後，退到台灣來，作過內政部長，後來蔣經國當行政院長，請他出來作副院長，他很不願意勉強去作。兩夫妻過著最平淡的生活，尤其他的太太。所以我們講余井塘，平生無二色，只有一個包小腳的太太，又矮又小，又難看，二人白頭偕老。

太太更了不起，行政院副院長住的房子，簡陋得不得了，先生去上班了，她還躺在床上睡覺，小偷跑進來，在她家裡翻了老半天，老太太因為個子小小，躺在被子裡，小偷沒看見，她說：「先生不要亂翻了，我家裡沒有東西，抽屜裡有三十塊錢你拿去吧！」小偷回頭看看，這麼一個老太太，三十塊錢也不要，就跑掉了。這是余井塘的故事。（師笑）

不知海上幾經秋　祇解歡娛不解愁
直以疏慵添拙趣　豈將朝市作林丘
怕聞呼老稱前輩　偶令隨班愧贅瘤
何事胸中多鬱塞　有時悲憤有時羞

我附上余井塘本人的詩，他說「不知海上幾經秋」，到台灣來，「祇解歡娛不解愁」，把國民黨跑過來的外省人都罵光了，只曉得享受，等於現在大陸上愛吃啊，愛享受，「直以疏慵添拙趣」，我一生最笨，「豈將朝市作林丘」，自己並不是大隱於朝市，不得已而已，「怕聞呼老稱前輩」，等於你叫我南老啊南老師一樣，余老，余公，他就怕人家尊稱老前輩，「偶令隨班愧贅瘤」，他說我今天雖然是副院長，我覺得像是人家身上的累贅。他自己很慚愧，他堅決要辭，蔣老頭子父子不准他辭。「何事胸中多鬱塞，有時悲憤有時羞。」了不起的一首詩，所以國民黨的政權在台灣，其實仍是有人才的，你看他「何事胸中多鬱塞，有時悲憤有時羞」，他作到副院長那個位子，覺得很羞慚，這種讀書人的修養很了不起。

後來他把這個詩在報紙上發表了，送來給我看，我就趕快和他一首。〈余井塘先生，朋輩譽為當代真儒。余與先生僅一面緣，觀其謹厚誠樸，不失書生本色，殊為可人。頃讀其癸丑秋偶成一律，蘊藉風雅，慨多以慊，甚為可喜。惟步其韻而未示人〉：

讀書亦曾習春秋　三世興衰一段愁
多少妄人登列闕　何如老圃臥林丘
書生烈士同鑪鞴　富貴功名等贅瘤
別有情懷千載上　恐留青史著名羞

「讀書亦曾習春秋，三世興衰一段愁」，這個三世是《公羊》《春秋》講的三世。歷史的三世，「衰世」就是亂世，亂世之上就是昇平，最上的是太平，大同世界，柏拉圖理想主義，那個是太平。太平做不到，普通漢唐能夠得上昇平已經了不起了，在《公羊》《春秋》，孔子的觀念，一般每一個時代都是衰世，衰亂之世，我這個三世是講這個，千萬不要誤解成前生，現在，未來三世，那就錯了，「三世興衰一段愁，多少妄人登列闕」，作官的都是混蛋，這是祕密啊，「何如老圃臥林丘，書生烈士同鑪鞴」，這個歷史很無情的，忠臣也好，烈士也好，書生也好，都在那個煉鐵的爐子裡化掉了，「富貴功名等贅瘤」，人生的富貴功名都是身上的那個瘤子，沒有用的，「別有情懷千載上，恐留青史著名羞」，有些人歷史上都不願意留名，因為都覺得很羞慚。

下面一九七四年〈甲寅雜拾〉就很多了，甲寅年有很多事情，最後兩首：

勢盡強弩楚漢秦　千家吠影費勞薪
誰能先識預流果　始信人間有轉輪

「勢盡強弩楚漢秦」，當時台灣跟大陸，還有國際上的政治，強弩之末啊，那個弓拉到了最後，沒有力氣了，「千家吠影費勞薪」是有典故的，「誰能先識預流果」，假使有先知的話，這個預流果本來是佛學的名辭，我把它作為預知的意思，把時代變化先能夠看清楚，「始信人間有轉輪」。

夜靜宵寒一粟身　銀瓶新拭佛前塵
濟人計拙思謀己　世路艱難道倍親

「濟人計拙思謀己」，自己覺得對這個社會世界，沒有辦法有幫助了，只好顧自己了，「世路艱難道倍親」。

楊管北《論語別裁》

下面一首是送給招呼我生活衣食，在台灣能夠弘揚開佛法的楊管北居士。楊管北、杜月笙都是齊名的，在他壽誕這個時候，送他一首詩。

李淑君：甲寅年有幾件事，年初的時候就是中共在山東曲阜開始瘋狂的批林批孔。年底的時候，中共跟日本簽定航運的協定，同時在十二月從廈門向金門跟馬祖開砲，年底，十二月三十日，台灣跟甘比亞斷交。

這些就是我這一年的詩，都同這些有關的。

這個階段好像是老頭子死了是吧!?（李淑君：沒死。）老頭子死後另外四首詩沒有錄進去，將來交給你。一九七六年〈自題《論語別裁》初版〉：

古道微茫致曲全　從來學術誣先賢
陳言豈盡真如理　開卷倘留一笑緣

「古道微茫致曲全，從來學術誣先賢」，古人著書沒有一樣對，我也不對，從來的著述對於先賢都是解釋錯誤的，「陳言豈盡真如理，開卷倘留一笑緣」，當小說看可以，就是這樣。

台灣的時勢變動了，這個都是台灣最緊張的時候，在國際社會上，蔣老頭子好像還沒有死吧！

李淑君：這個時候已經死了。

我閉關時他死了嗎？（李淑君答：是。）對，我閉關了。我到處在台灣找閉關的地方，後來一想，好笨啊，閉關還要青山，還要綠水，我乾脆就在鬧市自己房子裡閉關。這一段都在關中的事。

憂患千千结　山河寸寸心
謀身與謀國　誰識此時情
憂患千千结　慈悲片片雲
空王觀自在　相對不眠人

這個很重要，你就了解我的情緒。這個時候差不多都在關中的。

鬧市的關房

閉關時，蔣經國已經快要上台了，我素來很不同意的，從年輕開始，我曉得他一直想找我。我本來不想出國的，那時在關中有個動機想要出國，所以〈丁巳中秋關中有寄〉，已有這個動機了。

留亦為難去亦難　悠悠世路履霜寒
遙聞碧海吹魔笛　幾欲青冥駕彩鸞
不慣依人輸老拙　豈能隨俗強悲歡
禪天出定生妄想　何處將心許自安

「留亦為難去亦難」，留在自己國家難，想到外國去，「悠悠世路履霜寒，遙聞碧海吹魔笛」，台灣退出聯合國很久了，國際上的變化，大陸的情況，統統不好，「幾欲青冥駕彩鸞」，想上天空飛走了。「不慣依人輸老拙，豈能隨俗強悲歡，禪天出定生妄想，何處將心許自安」，出國也不安，留在國內也不安，這個世界向哪裡走啊？

一九七八這一年的事很多，這一首詩是跟美國與大陸建交有關的。〈戊午冬至前六日之夜〉，特別還記了日了，所以你們讀古人的詩，光曉得讀詩，詩裡頭很多東西，不懂的時候，題目連詩都讀不出來的，懂了，統統曉得了。

層樓風雨怯宵寒　靈室明燈夜欲闌
劫運早驚蕉鹿夢　廟堂久醉古槐安
沉疴鄰乞三年艾　絕望他求九轉丹
鶴背龍腰攀折苦　下方孽海正狂瀾

「層樓風雨怯宵寒，靈室明燈夜欲闌」，我還在閉關，快要出關了，可是外面是鬧得一塌糊塗啊，「劫運早驚蕉鹿夢」，蕉鹿夢這個典故是《列子》裡的故事啊，你曉得嗎？

有一個人腦子容易忘事的，他白天出去看到一條死鹿，被獵人射了一箭死的，他看到了，等於一條豬啊，就把鹿放在一個地方，拿一些芭蕉葉把牠蓋起來，回到家裡忘了這事。第二天就告訴一個好朋友，說昨天做一個夢，夢到一條鹿，放在某個地方，用樹葉蓋住，你看好笑不好笑？那個人聽了信以為真，跑到那個地方就把鹿揹回家了。人生究竟夢是真的，真是夢的，都不知道。這是有名的《列子》上蕉鹿夢。「劫運早驚蕉鹿夢」，早就告訴你們了，美國靠不住啊！

蔣老頭子父子在亂玩，「廟堂久醉古槐安」，槐安是一個國家，螞蟻夢，中國人有黃粱夢，螞蟻夢，廟堂上，你們父子兩個在台灣當總統，自己真的當成是一個國家玩，這只是螞蟻稱王啊，「廟堂久醉古槐安」，「沉疴鄰乞三年艾」，還是用上面那個句子，「绝望他求九轉丹」，一切都沒有，你還想國際上有哪個能夠幫你忙嗎？

李淑君：那一年十二月十六日跟美國斷交。

冬至前六日之夜，所以日子都記得很清楚。這些有錢有關係的人統統到美國去了，就搶飛機票啊，上飛機了，「鶴背龍腰攀折苦」，騎龍升天，到了美國就安全了。你們跑了，你們不想想「下方孽海正狂瀾」，大陸上苦的人還很多啊，都在災難中，台灣走不了的人又怎麼辦啊！

冼塵法師 能仁書院

這時我也快要出國了。那麼我就講笑話，香港這裡有個能仁書院，有個和尚叫什麼？

李淑君：冼塵法師。

香港佛教會，弄了很多錢辦一個能仁書院，冼塵法師當時在台灣申請。原先教育部不批准，冼塵法師這個和尚本事大了，他就到我關中來，我快要出關了，十方叢林書院也快要辦了。他就拉住聖嚴法師跑來，硬闖關敲門。李淑君大概收了紅包啊，偷偷就給他開了門。兩個和尚進來，我說你們跑到我關中來幹什麼？冼塵法師就要跪下來。

我說：「不可以，和尚！什麼事啊？」

他說：「佛教想辦一個大學，名叫香港能仁書院，請教育部批，怎麼樣都不准，聖嚴法師告訴我，只要南某人答應了，教育部一定批准。」

我說：「你們有錢嗎？」

他說：「有啊，錢都不成問題，不要你出一個錢，只要你肯當院長，我告訴教育部，你出來當院長就行了。」

我說好啦，後來聽到，聖嚴法師偷偷告訴洗塵法師，「你面子真大，誰來求他不會答應的。」我覺得洗塵法師那個時候蠻好玩的，因此教育部就批准了現在這個能仁書院。

所以台灣的教育部查能仁書院院長，我大概掛了十幾年，辦在哪裡我到現在都不知道。後來出來的人很多，中間有一個代我作院長的叫羅時憲，這個人你（彭嘉恆）知道的啊，羅時憲是廣東一個講佛學的，很不錯的。他寫封信給我，我謝他，因為我根本不去啊，教育部批准了，代院長就是這個羅時憲。侯博士啊，還有，你查教育部裡頭有個名牌的大學校長，我這裡空掛學院的院長，掛了幾十年，影子都不知道。

這個時候心境很痛苦，出關以後準備走的啦，所以一九八二開始這個階段，中國的變化多，事情也很多。〈閱報隨筆〉：

世事如麻亂　心愁動劍鳴
徘徊翻貝葉　還自入無生

「世事如麻亂，心愁動劍鳴」，發脾氣了，真要出來重新帶兵打仗，打天下了，「徘徊翻貝葉，還自入無生」，看看佛經，瞋念發脾氣的念頭又停掉了。〈壬戌中秋〉：

避地無方避世難　春花秋月不相干
萬緣已了緣何事　一念關心天下安

孔子在《論語》講，賢者避世，其次就避地，所以「避地無方避世難」，仍然關心天下事，天下不太平啊。

空庭月照不眠人　四壁圖書萬斛塵
豈是關心天下事　只緣不了有餘身

「只緣不了有餘身」，可惜我身體還在啊！這個肉體不曉得擺到哪裡去。

出走美國

這時已經準備就要走了，我那個學生朱文光，美國跑來跑去，給我辦好手續，就要走了。

那是一九八五年，我在台灣，非走不可了，因為國民黨滿朝文武大都是我的學生，蔣經國很想我跟他見面，我始終避開，所以後來蔣經國就跟蔣彥士講，這個南先生在台灣好像是新政學系的泰斗。蔣彥士聽了覺得莫名其妙，這個太嚴重了，新政學系這個泰斗啊，黨魁了，國民黨之所以統治中國，是黨中另外有一個政學系，連張群這些都在內的，何應欽都在內。接著蔣經國就把王昇放出去作大使，王昇來跟我辭行時，我說蔣經國這一手做給我看的。他說你怎麼辦？我說我也要走了。他心裡很不舒服，我說下一步就對付蕭政之了，蕭政之之後就要對付劉安祺，王昇說老師你怎麼那麼看法？不會吧！我說你看吧。等我一離開，蕭政之就坐牢。

在我去美國時，很多人到場送我，我心裡想可能走不了。這個國民黨、共產黨，在我沒有上飛機以前，他可以派一個人來說請你回去，當然不會抓我，但是如果一定要我留下來，我就很麻煩了。

所以一上了飛機，第一首詩是上飛機的時候。〈首途赴美〉：

不是乘風歸去也　只緣避跡出鄉邦
江山故國情無限　始信尼山輸楚狂

「不是乘風歸去也，只緣避跡出鄉邦」，離開了自己的國家，台灣到底還是自己的國家，「江山故國情無限，始信尼山輸楚狂」，孔子不是被那個楚狂接輿笑嗎，我這個時候自比，認為孔子不及楚狂的高明，該走了。

到美國的第三天，美國CIA的特務頭子就來看我了。看到我很坦然，就說，在你的眼睛裡我們都是壞人，我說你錯了，能夠作個好特務，就是聖賢。我說你是不是來看我，想要知道我到美國來幹什麼？他說你不要這樣講，我知道你的。我在美國生活也是這樣，一起吃飯，後來閒談，酒也喝下去了，他說到美國來你是為美國還是為中國，我說當然為中國，怎麼為你美國呢？三分為你美國，七分為中國。他說我要敬你酒，你講的話沒有一句是空話的，也沒有一句假話。我說當然如此啊！

這個時候他把菲律賓的總統，這個叫馬可仕的，已經搞下去了，我說你花了多少錢？他說：「二十萬。如果他再不下，我就要他的命。」我說你下一步要搞台灣了，他就看著我笑。我說我在美國啊，你不要動台灣，你要動先動韓國。所以很有趣，我還去參觀了他特務那些地方。

他有一天跑來吃飯，也跟著大家叫我老師。

他說：「你要不要在美國立刻出名啊？」

我說：「怎麼樣？」

「美國人不曉得你啊，當然上面的人知道你，全國不知道，我使你一個月當中全國人都知道你。」

我說：「多少錢啊？」

他說：「五萬美金就夠了，不是我要。」我說我懂啊，他要發動所有報紙，電台。

我說：「五毛錢我都不花，我在你美國不想出名。我非常感謝你，我是因為自己的國家兩方面變亂，到這裡避難的。你們已經借個地方給我避難了，我很感謝了，我還搞這個幹什麼。」所以他那個綠卡啊，一般想得到綠卡很痛苦，我只到一個月，他在聖誕節就把綠卡寄過來了，送一個禮。所以這個綠卡，我到了香港就退回了，我不要。所以這一首

〈丙寅元宵後一日〉，就是為了馬可仕，那個菲律賓總統被他搞掉了。照日子記的，都是重要的事，將來歷史可查，就是馬可仕被他搞下去那天。

愛國英雄蔣與毛

稍歛寒威雪猶封　蓓蕾百卉待春容
傳心辜負西來意　浮世難留過客蹤
又見白宮播木偶　常憐黃屋走蛟龍
鈴聲莫問當前事　萬里飛鴻愁萬重

「稍歛寒威雪猶封」，我住的地方，是一個風景最好的地方，房子也很大，冬天都是雪。「蓓蕾百卉待春容，傳心辜負西來意」，大家以為我到美國會弘揚佛法，我一句不談，美國哪裡可以講佛法！有什麼用啊？「浮世難留過客蹤」，我不過是過客，在這裡作客人，「又見白宮播木偶」，世界上這些領袖都是美國人培養出來的傀儡，「常憐黃屋走蛟龍」，一個一個領袖，越南的阮文紹……都是美國人培養出來的，又被美國人搞掉。這點就是蔣老頭子的厲害，蔣跟毛澤東兩個人，始終是國家民族的英雄，絕不作漢奸，美國人希望蔣如何，蔣就是不幹，所以我告訴李登輝你不能作民族的罪人。再看毛澤東那麼靠蘇聯，但自己一到蘇聯，就跟蘇聯鬧翻了，這一點這兩個都是一樣，愛國的心情。

所以你看這些人，只要聽美國的，沒有不倒楣的，「常憐黃屋走蛟龍」，「鈴聲莫問當前事，萬里飛鴻愁萬重」，這是講我自己，在美國等於「萬里飛鴻愁萬重」啊。怎麼叫「鈴聲莫問當前事」，這個典故你曉得嗎？你記一下，你看《高僧傳》佛圖澄，到中國來第一個傳佛教是他，他有神通的。那個時候沒有電燈啊，這個佛圖澄胸口這裡有個棉花塞住，晚上要看佛經把棉花拿掉，亮光就出來了。有時候在溪水邊他把自己的腸子、胃拿出來洗一洗，再放進去，那很多奇怪事。五代最壞的那個皇帝，殺人最多的叫什麼？他是佛圖澄皈依弟子。

李淑君：石勒。

有一天石勒沒有出兵打仗，坐在那裡，看到佛圖澄來，石勒那麼壞的人，他是一個外國人在中國亂鬧的皇帝，看到佛圖澄規矩得很。兩個人正坐在那裡，階簷口掛的鈴子叮噹響，師父啊，它講什麼啊？佛圖澄說，叫你明天出兵一定打勝仗，他就出兵了。這是佛圖澄的故事。所以很多佛經，歷史典故，「鈴聲」，這個在中國叫風角子數，也是卜卦的預語，所以「鈴聲莫問當前事，萬里飛鴻愁萬重」。

現在差不多都跟你講完了，後來到了香港以後，這幾年很少有詩，不過有的話，關係都很大。另外該跟你講蔣老頭子死了以後有四首，現在還是暫時不給你講，發表了怕有些人還活著不好意思。毛澤東死的時候我也有詩，這個將來告訴你。將老頭子死的時候，當天夜裡，中央黨部叫唐樹祥，這個《青年戰士報》的少將社長，打電話給我，不過我已經知道了。是王昇、蕭政之已經告訴我了，半夜裡風狂雨暴，那個風雨真的非常奇怪，我正在看書，窗子都撼動了。我心裡想該不會他走了吧？因為他這個烏龜精要走了。傳說毛澤東是山豬，他是海龜，當時在四川，是一個活佛告訴我的，山豬跟海龜在爭地盤，你回去不會安定的。

再說中央黨部電話就來了，說老先生走了，還不到半個鐘頭，唐樹祥打電話來問我，掛的字是故總統蔣總統，這樣說對不對啊？我說不對，你們統統全體沒有讀過書的啊？沒有文化的啊，他說怎麼樣呢？我說應該是先總統嘛！你來個「故」總統，假使又出一個總統又姓蔣的，你叫他什麼總統啊？新總統嗎？你看歷史上，皇帝死了就叫「先王」。後來他們連夜就換成先總統。事後聯勤總部的人告訴我，老師啊你一句話我們可慘了，連夜換了多少個啊。

輓聯

他們要我寫副輓聯，我那一副輓聯還是表面上寫，後來他們說這是最好的一副輓聯。

勳業起南天　北伐功成三尺劍

神靈護中土　東方感德一完人

這個「勳業起南天」，蔣老頭以黃埔起家的，在廣東起來，「北伐功成三尺劍」，漢高祖拿三尺劍起義。「北伐功成三尺劍」，最大的功勞是北伐這一段。哎呀！我上聯作了以後，怎麼對啊？作對子最怕是東南西北，一二三四，不好對的，這個平仄很難辦，忽然給我想到了，

「神靈護中土」，已經死了，天天講反共也打不回去，你只好靈魂來保護中國吧。「東方感德一完人」，我這一句有骨頭的。我說大家講你是完人，你不是完人，應該感謝你的是日本人，不要他們賠償。這副輓聯送到靈前時，蔣經國也站在那裡，大家打開一看，哎呀！誰作的啊？旁邊有人講除了南某人以外，誰有這樣大的手筆啊？當然我沒有用私人送，是用東西精華協會的名義送的。

但是我真正給他的輓聯沒有送，真正的輓聯那才好呢。

留得剩水残山　最難料理
際此狂風暴雨　正好收場

「留得剩水残山，最難料理」，統統完了嘛，自己打下來的天下，自己丟掉，只留這個台灣一點點。「際此狂風暴雨」，他走的那一夜是狂風暴雨，「正好收場」。你走得正好呢。這是我贈給他的一副輓聯，但是不好送出去。他走得很痛快，可是中國台灣問題留給後面痛苦了，你看我早已看到這個痛苦了。

後面附的是《金剛經》三十二品偈頌，佛門楹聯，你都知道的。

我下面跟你講講笑話，白話詩，你看看。你要說我一生啊，就是《狂言十二辭》是我的一生，這是我對自己的批評，這個是祕密了：

以亦仙亦佛之才　處半人半鬼之世
治不古不今之學　當談玄實用之間
具俠義宿儒之行　入無賴學者之林
挾王霸縱橫之術　居乞士隱淪之位
譽之則尊如菩薩　毀之則貶為蟊賊
書空咄咄悲人我　弭劫無方喚奈何

我在台灣經常掛的〈聯語〉：

上下五千年　縱橫十萬里

經綸三大教　出入百家言

家裡客人很多，都是些文官武將，就是這一副對子：

白屋讓王侯　門庭如朝市

黃金如糞土　恩怨等浮雲

「白屋讓王侯」，我是一個老百姓啊，非官非民，「白屋」指書生。

萬里江山一場春夢　我原過客
百年身世半榻琴書　意在飛仙

白屋讓王侯　座上千杯多名士
黃金如糞土　席前百輩數英雄

「白屋讓王侯，座上千杯多名士」，來客都是了不起的人，什麼趙教授啊、王教授啊。「黃金如糞土，席前百輩數英雄」，看看哪一個夠得上稱英雄，席前百輩，很多啊。

大業都從難裡得
功名須自苦中來

下面有白話的詩，那是作著玩的，都錄下來，最後一首，〈聚散〉是我離開台灣的時候，臨時作的歌，有和尚尼姑啊，包括學生坐在一起唱的，這個歌你會唱嗎？這個譜是什麼人作的？我不會唱，當時他們唱的時候很難過的。

李淑君：楊弦作曲。

最後一首就是這個，把《三國演義》〈西江月〉改了。

滾滾長江東逝水　浪花淘盡人渣
是非成敗轉頭差　江山依舊破　回首夕陽斜
白髮紅顏留不住　管他春月秋花
漫言世事亂如麻　古今多少事　都是爛冬瓜

「滾滾長江東逝水，浪花淘盡人渣」，馬有慧告訴我這兩字不能用，廣東人講人渣是最難聽的話，最下流的。好了，你整個都曉得了，都交待完了。〈聚散〉：

桌面團團　人也團圓　也無聚散也無常
若心常相印　何處不周旋
但願此情長久　哪裡分地北天南

（眾人唱〈聚散〉）因為當時是我將要走的時候，出家在家同學心中都很難過，我說在哪裡都一樣，到美國也一樣的。

我的故事我的詩

建議售價・220元

講　　述・南懷瑾
出版發行・南懷瑾文化事業有限公司
網址：www.nhjce.com
代理經銷・白象文化事業有限公司
412台中市大里區科技路1號8樓之2（台中軟體園區）
出版專線：（04）2496-5995　傳真：（04）2496-9901
401台中市東區和平街228巷44號（經銷部）
購書專線：（04）2220-8589　傳真：（04）2220-8505
印　　刷・基盛印刷工場
版　　次・2017年9月初版一刷
2018年5月二版一刷
2020年9月三版一刷
2024年8月四版一刷

設計編印 白象文化
www.ElephantWhite.com.tw
press.store@msa.hinet.net
總監：張輝潭　專案主編：徐錦淳

國家圖書館出版品預行編目資料

我的故事我的詩／南懷瑾講述.　--初版.—臺北市：
南懷瑾文化，2017.09
面：　公分.
ISBN 978-986-94058-8-1（平裝）

851.486　　106013080